KB272934

삭제하시겠습니까

삭제하시겠습니까

김정민 소설집

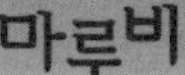

마루비

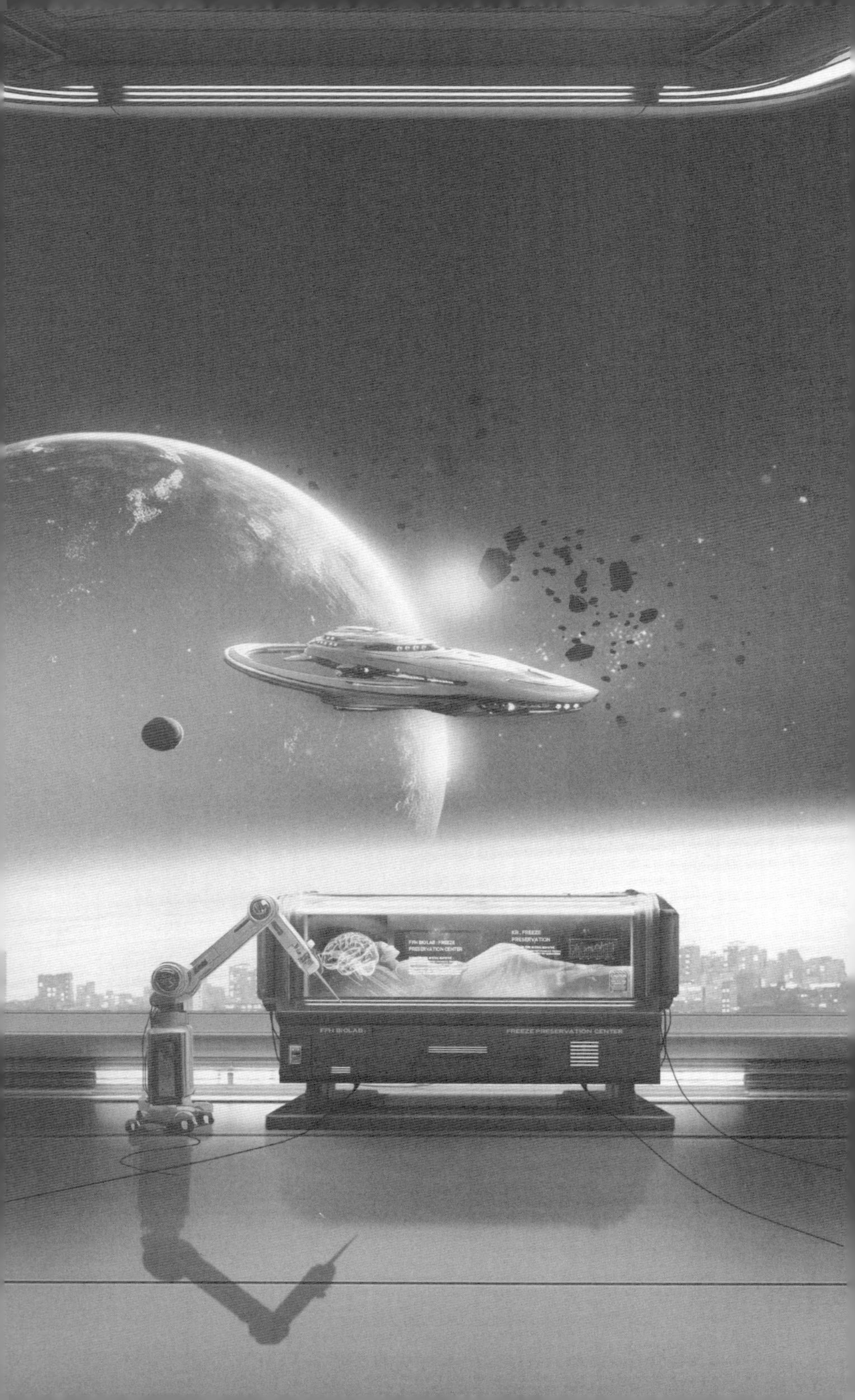
FFH BIOLAB - FREEZE PRESERVATION CENTER
KR. FREEZE PRESERVATION
FFH BIOLAB
FREEZE PRESERVATION CENTER

차 례

약속

며칠 전 처음 발견되어 이름조차 붙이지 못한 혜성은 궤도를 잃고 불규칙하게 우주를 떠도는 것처럼 보였다. 혜성은 느닷없이 방향을 틀어 무지막지한 속도로 지구로 향했고 지구에서는 엄청난 소란이 일었다. 하는 일 없이 하품만 하고 있던 유엔(UN)에서 부랴부랴 지구연합군을 꾸리고 지구방위 사령관을 뽑았다.

지구방위 사령관은 전 지구인들에게 송출되는 생방송에 나와 '신이 아닌 미사일이 지구를 구할 것'이라는 말로 취임 인사를 대신했다. 그러고는 혜성이 지구에 부딪힐 지경이 되면 대기권에 들어오기 전에 파괴하겠다며 주먹을 불끈 쥐어 보였다. 물론 구체적인 계획은 전문가와 회의를 거쳐 밝힐 것이라는 말을 덧붙일 때, 사령관의 말을 끊고 속보가 나왔다.

조금 전 혜성에서 지구로 보낸 전파가 수신됐는데, 이 전파로 보아 저 혜성은 혜성이 아니라 외계 비행체라는 내용의 속보였다. 암호 전문가와 언어학자, 수학자, 과학자, 해커, 게이머, 그리고 점성술사까지 모여 수신된 전파를 해석하고 있다고 했다. 그들이 보낸 전파가 싸우자는 결투장인지 범우주적인 친목을 도모하자는 초대장인지는 아직 알 수 없다는 말로 속보가 끝났다.

속보에 밀려 사라졌던 사령관의 얼굴이 다시 나타났다. 사령관은 외계인이 만약 지구를 침공하면 미사일을 쏴 박살 내겠다고 했다. 물론 너무 급작스러워 구체적인 계획은 아직 세워지지 않았고 전문가들과 회의를 해야 하지만, 좌우간 지구를 지키겠다고 했다.

무지막지한 속도로 다가오던 외계인의 전투기인지 친선기인지 알 수 없는 비행체는 지구 대기권에서 급브레이크를 밟은 것마냥 딱, 정말 딱 멈춰 섰다. 외계 비행체는 우연인지 의도한 것인지 모르지만 대한민국의 하늘 위에 떠 있었다. 전 지구인의 시선이 대한민국의 하늘로 모였다.

그사이 비행체에서 보낸 전파의 내용을 풀었는데 대한민국에서 15, 16세기에 사용되던 중세 국어였다. 지금은 사용하지도 않고 알아듣기도 어려운 중세 국어로 외계인과 의사소통을 하기 위해 국어학자들이 모였다. 국어학자들이 'ㆆ, ㅿ' 같이 잃어버린 소리를 내려 굳은 혀를 돌리려고 애쓰는 사이 비행체에서 또 메시지를 보냈다.

두려워 마시오. 잠시 용무가 있어 들렀소. 그대들에게 폐를 끼치지 않겠소.

고아하고 예스러운 말투이긴 하나 대한민국의 현대 표준어였다. 그사이 언어가 변했다는 것을 알아채고 빠르게 적응한 외계인의 지능에 사람들은 놀랐다. 무엇보다도 외계인이 전쟁을 하러 온 것이 아니라는 사실에 안심했다.

지구방위 사령관은 외계인의 정체를 알기 위해 매우 조심스럽게 말을 돌리고 돌려 물었다.

"에, 죄송스럽지만, 초면에 이런 말을 묻기 참 조심스럽지만, 혹시 실례가 안 된다면……, 누구세요?"

광활한 우주와 시간을 건너온 당신의 이웃이오.

'이웃'이라는 말에 힘을 얻은 지구방위 사령관은 이번에는 대놓고 지구에 왜 왔냐고 물었다.

약조 때문이오.

어디를 가도, 누구를 만나도 사람들은 외계인 이야기만 했다. 세문경에서도 외계인에 대한 뉴스가 계속 나왔다.

"아, 외계인들이 불치병을 고칠 수 있는 의학을 알려 줬으면 좋겠다. 우리 재림이 병 좀 고치게. 그랬으면 좋겠지, 혜림아?"

엄마의 말에도 혜림이는 허공에 띄운 화면에서 눈을 떼지 않았다. 혜림이가 손목에 차고 있는 세문경은 모든 정보와 통신을 제공했다. 개인 간의 메시지 전송은 물론 영상 통화도 가능했고 지금처럼 정보도 시청할 수 있었다. 개인 맞춤형이라 혜림이에게 학교 소식과 필요한 공부는 물론 급식 메뉴, 아이들 사이에 인기 있는 간식, 영화, 노래까지 자세하게 알려 주었다.

더욱이 검색 알고리즘에 따라 관련된 정보들이 끝없이 나왔다. 지금 혜림이의 세문경에는 전쟁, 우주여행, 외계인과의 전쟁에서 살아남는 법, 안전한 곳으로 대피할 때 행동 요령 등이 뜨고 있었다. 혜림이뿐만 아니라 다른 아이들도 마찬가지였다.

"재림이가 안전해서 다행이야."

엄마가 중얼거렸다.

지구로 다가오는 것이 혜성이 아니라 외계의 우주선 같다는 말이 나오자마자, 엄마는 혜림이의 언니인 재림이가 있는 센터에 전화를 걸어 언니의 안전부터 물었다.

센터는 지진과 화재, 그리고 정전에 대비해 완벽하게 지어졌지만 외계인의 침략에는 대비되어 있지 않았다. 그렇다면 안전을 책임지지 못한다는 말이냐며 흥분한 엄마에게 센터에서는 외계인의 침략은 생각하지 못했던 변수라고 답했다. 엄마는 절망스러운 마음으로 가슴을 졸이며 그 누구보다 외계 비행체의 소식에 촉각을 곤두세웠다.

“엄마는 내 걱정은 안 해?”

혜림이가 엄마를 쳐다보며 물었다.

“어? 무슨 말이야? 엄마는 항상 혜림이 걱정을 하지.”

엄마는 혜림이의 말에 잠깐 당황했지만 이내 평정을 되찾았다.

“내 걱정을 했어? 엄마가? 세문경 보면서 언니 걱정만 했잖아.”

혜림이는 자꾸만 뾰족해지는 마음을 숨기지 않았다. 엄마는 언니 걱정만 한 것은 아니라고 혜림이를 달래며 부드럽게 웃었다.

엄마가 활짝 웃을 때면 두 뺨의 부드러운 피부가 웃음에 밀려 눈가에 잔주름이 잡히고 왼쪽 뺨에만 있는 보조개가 폭 파였다. 활짝 웃을수록 보조개는 깊게 파였고 혜림이는 그 웃음이 좋았다. 하지만 지금 엄마의 웃음은 웃었다기보다는 찡그렸다는 것에 가까웠다. 보조개가 파이지 않는 웃음을 보니 혜림이는 화가 치밀었다.

며칠이 지났다. 생방송에 지구방위 사령관이 나와 여유 있는 몸짓으로 그사이 외계인과의 대화를 통해 알게 된 것들에 대해 기자 회견을 했다.

비행체는 알려진 대로 외계의 우주선이 맞으며 외계인들은 지구에서 백억 광년 이상 떨어진 ‘이넥스플로라투스’라고 부르는 행성에서 왔다고 했다. 사령관은 외계인들을 이넥스인들이라고 부르기로 했다고 밝혔다. 이넥스인들은 지구 시간으로 사백칠십 년 전에 이미 지구에 왔었다고 했다. 그때 그들은 지구인들에게 자신들의 존재를 알리는 것이 시기상조라 판단해 그냥 떠나려고 했다. 그러나 피치 못할 이유로 조선에 살던 한 소녀를 우주선에 태우게 되었고 이번 방문은 그 소녀의 약조 때문이라고 했다.

기자 회견을 들으며 혜림이는 소녀의 약조가 무엇인지 궁금했다. 얼마나 중요한 약속이기에 엄청난 거리와 시간을 넘어 이곳에 다시 왔을까. 세문경은 하늘에 떠 있는 우주선을 보여 주었다. 그것은 햇무리와 같은 빛을 내는 둥근 우주선이었다.

"혜림아, 저녁 먹자."

엄마의 목소리가 밝았다. 밝은 목소리에 혜림이는 불안했고 동시에 기대에 찼다.

식탁 위에는 새우달걀탕이 있었다. 새우가 듬뿍 들어간 부드러운 달걀탕은 혜림이가 제일 좋아하는 음식이다. 아니, 음식이었다. 언니도 그것을 좋아해서 새우를 더 많이 먹으려고 서로 신경전을 벌였다. 그러면 엄마가 새우 개수를 세어서 똑같이 나누어 주곤 했다.

언니와 혜림이는 매번 새우달걀탕을 해 달라고 엄마를 졸랐다. 엄마는 세상에서 새우달걀탕만큼 만들기 쉬운 음식은 없다고 말하며 그 말을 증명이라도 하듯 빠른 손놀림으로 뚝딱 만들어 냈다. 세상에서 제일 만들기 쉬운 음식이지만, 엄마는 언니가 떠난 후 다시는 만들지 않았다. 종종 뜨거운 새우달걀탕이 먹고 싶었지만 혜림이는 엄마에게 말하지 않았다.

"흐으. 큼."

터져 나오려는 울음을 참기 위해 혜림이는 나오지도 않는 기침을 했다. 기뻤다. 엄마가 새우달걀탕을 끓인 것은 이제 언니에 대한 긴 애도를 끝내고 현실로 돌아오겠다는 신호라고 생각했다. 언니에게 미안하지만 그럴 때도 됐다.

"우리 혜림이 이거 좋아하지?"

엄마가 새우달걀탕을 혜림이 앞에 가까이 놓았다. 혜림이는 고개를 크게 끄덕였다.

"미안해. 엄마가 오랫동안 끓여 주지 못했어."

혜림이는 엄마의 표정을 살폈다. 엄마가 또 울먹이며 방에 들어가 문을 걸어 잠그고 며칠이 지나도록 나오지 않고 울까 봐 걱정됐다.

"이제 매일 끓여 줄게."

혜림이는 희망에 부풀어 가슴이 뻐근했다. 엄마는 맞은편 자리에 앉아 혜림이를 지켜보았다. 혜림이는 엄마에게 일상으로 돌아와 기쁘다고, 쳐다봐 주어서 무척이나 행복하다고 말하는 대신 수저 위에 두둑하게 올린 밥으로 마음을 표현했다.

혜림이가 밥 한 그릇을 다 먹자 엄마는 "혜림아!" 하고 불렀다. 혜림이는 미소를 지으며 엄마를 마주 보았다. 혜림이도 엄마처럼 활짝 웃은 지가 오래되어서 웃는 법을 잊어버렸는지 웃는 게 어색했다.

"엄마는……."

엄마가 말을 끊고 머뭇거렸다.

"엄마도 냉동 보존을 신청하려고 해."

상상조차 하지 못한 말이었다. 혜림이는 머리를 호되게 맞은 것처럼 얼얼했다. 한참이나 멍하니 있다가 겨우겨우 말을 짜냈다.

"멀쩡한 사람을, 냉동할 수 있어? 엄마는 대상자가 아니잖아."

사람을 급속 냉동시켜 보존하는 것은 기술적으로는 이미 가능했다. 불치병에 걸린 사람들이나 뇌사에 빠진 사람들 중 원하는 사람은 비용을 지불하면 냉동 보존을 할 수 있었다. 간혹 수명이 다해 돌아가신 부모님을 냉동 보존하는 사람들도 있었다. 먼 훗날 과학이 발달하면 죽음도 되돌릴 수 있으리라는 기대 때문이었다. 하지만 엄마처럼 멀쩡한 사람이 원한다는 이유만으로 쉽게 냉동 보존을 신청할 수는 없다.

"엄마가 없어도 우리 혜림이가 잘 살 수 있게 다 해 놓고 갈게. 걱정하지 마. 할아버지가 물려주신 주식도 네 앞으로……."

"지금 그 말이 아니잖아!"

혜림이가 버럭 소리를 질렀다.

게임 회사 회장이었던 할아버지는 돌아가시며 엄마에게 모든 재산을 상속했다. 할아버지의 재산이 아니더라도 고미술 복원 전문가로 이름이 난 엄마는 원하는 것을 가격표를 보지 않고 사도

될 만큼의 경제적인 능력을 가지고 있었다.

"주식도 혜림이 네 앞으로 상속해 놨어. 넌 이제 열다섯 살이야."

대한민국 법에서 열다섯 살이 되면 선거도 할 수 있고, 약간의 제한이 있기는 하지만 재산권도 행사할 수 있으며 국가에 관리 등록을 하면 혼자 살 수도 있다. 물론 법적인 책임은 스스로 져야 한다.

엄마는 분노로 가득 찬 혜림이를 무시한 채 말을 계속했다.

"집은 경비업체에 안전관리 특별구역으로 신청해 놨어. 24시간 철저하게 경비를 해 줄 거야."

"엄마, 엄마가 어떻게 냉동 보존 신청을 해? 아무런 병도 없는 사람이 냉동 보존을 할 수 있는 거야? 세문경! 멀쩡한 사람을 냉동 보존하는 조건에 대해 알려 줘."

혜림이의 목소리를 인식한 세문경 화면에 책이 나왔다. 정보를 검색할 때 나오는 표시다. 책장이 빠르게 넘어갔다.

치료 불가능한 병에 걸리거나 죽은 사람이 아닌 사람을 냉동 보존 신청할 수 있는 조건은 첫째, 40세가 넘어야 합니다. 둘째, 본인의 강력한 희망이 있어야 합니다. 셋째, 모든 가족의 동의가 있어야 합니다. 여기에서 동의는 양식에 따라 전자서류 작성과 음성 기록을 남겨야 합니다. 자살 방지를 위해…….

엄마는 지금 57세다. 그리고 강력히 냉동 보존을 희망한다. 가족은 혜림이와 엄마뿐이니 혜림이가 동의한다면 엄마는 냉동 보존이 가능하다. 혜림이는 뱃속이 뒤틀리며 밥알이 알알이 곤두서는 기분이었다.

"혜림아, 스페어를 계약했어. 엄마랑 똑같이 만들어 달라고 주문했어. 가족도 착각할 만큼 정말 똑같이 만들 수 있대."

"착각?"

혜림이의 목소리에 뾰족하게 날이 섰다. 아무리 똑같아도 엄마 말처럼 그건 착각이지, 진짜 엄마는 아니다.

"네 친구도 스페어가 있다고 했잖아. 그 친구 이름이 뭐였지? 아, 이름이 생각나지 않네. 너랑 제일 친한 친구 말이야."

엄마는 대답을 기다리며 혜림이를 봤지만 혜림이는 대답하지 않았다. 엄마는 한참이나 생각을 더듬었지만 혜림이와 제일 친한 친구 라윤이의 이름을 기억해 내지 못했다.

"혜림아, 스페어가 새우달걀탕을 엄마보다 더 잘 끓일 거야. 우리 혜림이가 먹고 싶다고 말할 때마다 해 줄 거야."

엄마는 즐거운 척 목소리를 꾸몄다.

"라윤이는 스페어를 반납했대."

라윤이네 엄마와 아빠는 출장을 자주 갔다. 어느 날, 엄마와 아빠의 출장일이 겹쳐 라윤이 혼자 자는 일이 생겼다. 홀로 하룻밤을 보낸 라윤이는 출장에서 돌아온 엄마, 아빠에게 혼자 자는 것이 무섭다고 말했다. 그 말에 라윤이 아빠는 곧바로 스페어를 주문했다.

라윤이 아빠가 집안일을 하는 도우미 안드로이드 로봇이나 집의 안전을 살피는 경비 안드로이드 로봇을 주문하지 않고 스페어를 주문한 것은 라윤이가 혼자 있을 때 조금이라도 덜 외롭기를 바란 배려였다.

스페어는 안드로이드 로봇의 기능에 더해 사람의 마음까지 보살핀다는 장점이 있다고 했다. 물론 스페어를 만든 회사의 광고에 나온 말이기는 하지만 말이다.

스페어는 그 외양에 따라 남성, 여성, 중성으로 나뉘었다. 대한민국 사람들의 외양을 수치화해 평균값에 맞춰 만들어져 나왔다. 특별히 누군가의 모습을 닮게 해 달라고 부탁하면 그 모습대로 주문 제작되었다. 이때 비용은 곱절이나 비쌌다.

라윤이 아빠가 스페어를 굳이 라윤이 아빠와 닮은 모습으로 주문 제작한 것은 본인의 호기심 충족과 일종의 유머 같은 거였다.

처음에 라윤이 아빠를 꼭 닮은 스페어 아빠가 배달되어 왔을 때 라윤이네 가족은 신기해하며 좋아했다고 했다. 특히 라윤이 아빠는 스페어 아빠를 이리저리 살펴보다 오른쪽 팔 안쪽에 도도록하게 튀어나온 검은 점을 발견하고는 점까지 닮게 만들었다며 감탄했다고 했다. 라윤이도 부모님이 출장을 간 날이면 혼자 있는 것보다 아빠를 빼닮은 스페어 아빠와 함께 있는 것이 덜 무섭다고 했다. 하지만 라윤이는 얼마 못 가 스페어를 반납했다.

"라윤이가 아빠를 닮은 스페어를 왜 반납했는지 알아? 아빠도 아닌데 아빠처럼 구는 게 꼴보기 싫었대."

라윤이는 '아무리 닮았어도 아빠는 아니잖아.'라고 했지만 혜림이는 심사가 뒤틀려 일부러 비틀어지게 말했다.

"스페어를 볼 때마다 소름 끼쳤대."

어느 날, 학교에서 돌아온 라윤이는 자신을 반기는 두 명의 아빠를 보고 온몸에 소름이 돋았다며 설명할 수 없지만 기분이 이상했다고 말했었다.

"새우달걀탕 좀 더 먹을래?"

엄마는 국자 가득 새우달걀탕을 퍼 올리며 물었다. 혜림이는 가슴이 턱 막혔다. 혜림이가 한 말을 못 들은 척, 잔뜩 화가 난 혜림이를 못 본 척, 아무것도 모르는 척, 눈치 없는 척하는 엄마에게 화가 났다. 혜림이는 거칠게 숟가락을 내려놓고 자리에서 일어났다.

우주선을 타고 온 소녀에 대한 구체적인 정보가 알려졌다. 소녀는 조선 시대 양양에 살던 김근수의 딸로 이름은 김설아(金雪兒)라고 했다. 설아는 아직 알려지지 않은 어떤 이유로 가족과 헤어진 뒤 이넥스인들의 우주선에 탔다. 설아의 어머니는 설아에게 어떤 약속을 했고 설아는 그 약속 때문에 돌아온 것이다.

사람들은 사백칠십 년 전의 약속을 지키기 위해 되돌아온 설아와 이넥스인들에게 감동했다. 사람들은 설아가 어떤 이유로 가족과 헤어졌는지는 모르지만, 그리고 당연히 지금은 그 가족들이 없지만 후손이라도 만나야 한다며 설아의 후손 찾기에 열중했다.

사람들은 이넥스인과 설아를 직접 만나고 싶어 했다. 이넥스인들은 어떤 모습일지, 설아가 지금 어떤 모습일지 궁금해서 안달이 났다. 조선 시대에 태어난 설아가 아직까지 살아 있는 것을 보면 이넥스 행성에 불로초가 있는 것이 틀림없다는 말도 돌았다. 불로초는 진시황만 찾아 헤맨 것이 아니다. 언제나 사람들은 의학과 과학이라는 말을 내세워 불로초를 찾아 헤맸고 영생을 꿈꿨다. 불로초 때문에라도 사람들은 이넥스인들을 만나기를 간절히 원했다.

폐가 되지 않는다면 설아와 후손이 만날 공간을 설치하고 싶소.

이넥스인들이 보내온 메시지에 세계 여러 나라에서 자기 나라에 공간을 설치하겠다며 나섰다. 그러나 이넥스인들은 정중한 말로 모두 거절하고는 한 곳을 꼭 집어 말했다. 비행체가 떠 있는 이곳! 바로 대한민국이었다. 우주선은 처음 지구에 온 날 이후 내내 지구와 함께 자전과 공전을 하며 늘 같은 자리에 떠 있었다.

공간이 얼마나 필요하냐는 물음에 '100㎝×120㎝×200㎝'라는 답이 왔다. 사람들은 이넥스인들이 고작 그 정도의 공간에서 무엇을 하겠다는 것인지 이해가 되지 않았기에 시청 앞 넓은 광장을 다 사용해도 된다고 했다.

설아와 후손이 만날 공간 설치에 대한 의논이 끝나자, 우주선에서 시청 광장을 향해 아래로 하얀 빛을 쏘았다. 순식간에 길쭉한 사각형 상자가 만들어졌다.

상상할 수도 없을 만큼 생전 듣도 보도 못한 어마어마한 것이 만들어지기를 기대하며 생중계를 보고 있던 사람들은 이넥스인들이 만든 것이 고작 3D 프린터로 만드는 것과 다를 바 없는 상자라는 것에서 실망을 금치 못했다. 이넥스인들은 이 상자를 무엇이라고 부르는지 모르지만 사람들은 그냥 '상자'라고 불렀다.

사람들은 실망을 감추고 혹시라도 설아와 이넥스인들을 만날 수 있기를 기대하면서 광장에 모여들었다. 경찰은 사람들이 상자에 무단으로 침입하거나 망가뜨릴까 염려하여 상자 앞을 가로막고 삼엄하게 지켰다.

유엔에서는 김설아의 후손만 이넥스인을 만나게 할 것이 아니라 다른 사람들도 이넥스인을 만나야 한다며 이넥스인들과 협의에 나섰다. 세계인들 모두가 이넥스인을 만날 수는 없더라도 적어도 각국 정상과 각종 국제기구의 장, 세계 100대 기업 대표들은 만나야 한다고 주장했다. 이넥스인들은 유엔의 주장에 별다른 반응을 보이지 않았다. 하지만 사람들이 지치지 않고 여러 차례

의견을 보내자 이넥스인들에게 답이 왔다.

인종, 경제력, 권력 등 모든 것을 떠나 오로지 절박한 마음으로 이넥스인들을 만나고 싶은 사람 열 명만 만나겠다고 했다. 그 수가 사람들이 원한 것보다 형편없이 적었고, 이넥스인들이 말하는 '오로지 절박한 마음'이라는 게 어떤 마음인지 알 수 없어 이넥스인들에게 다시 물었지만 이넥스인들은 대답하지 않았다.

전 세계적으로 이넥스인을 만날 사람들을 어떤 기준을 세워 뽑느냐를 놓고 논쟁이 벌어졌고, 사람들을 선발하느라 때아닌 난리가 났다. 그 와중에 결국 갈 사람은 이미 다 정해져 있다는 말이 돌았다. 천문학적인 금액을 지불하면 선발될 수 있다는 말도 돌았고, 다국적 기업 회장의 손주가 그 명단에 속해 있다는 소문도 돌았다.

학교 수업이 끝나고 집으로 가던 혜림이는 길거리 광고판 옆에 붙은 누르스름한 천을 보았다. 평소 보지 못했던 것이라 광고판에 가까이 다가가 천을 살폈다. 조금 뻣뻣하고 두툼한 천이 광고판 옆 기둥에 정교하게 매달려 있었다. 폭이 좁고 세로로 긴 천에는 세로로 글씨가 쓰여 있었다.

500년의 약속
어머니, 철아가 왔어요.

혜림이는 천 아래에 '시청 광장, 고향에 온 조선 소녀전'이라고
작게 쓰인 글자를 보고서야 광고라는 것을 알아차렸다. 현란한
광고만 봤던 터라 소박한 광고가 오히려 눈길을 잡아 끌었다.

커다란 광고판에서는 24시간 내내 불빛이 번쩍거리며 광고가
나왔다. 국경일에는 광고의 사이사이에 태극기가 나왔고, 종종
긴급 재난 사항 안내가 나오기도 했다. 납치, 유괴 같은 강력 범
죄가 일어나면 피해자와 범죄자를 찾기 위해 그들의 인상착의나
사진이 나왔다.

화려한 색으로 스페어를 선전하던 광고가 지나가고 광고판이
하얗게 변했다. 그리고 검은색 글자가 떴다.

조선 소녀

노랑색과 분홍색의 화사한 한복을 입은 소녀가 광고판에 나타
났다. 통통하고 불그스름한 볼을 가린 소녀는 사랑스럽고 건강해
보였다. 광고판에 영화처럼 긴 광고가 흘러나왔다.

하늘에 이넥스인의 우주선이 뜨고 다른 사람들은 그것을 보
고 두려워하지만 소녀는 용감하게 우주선을 바라본다. 이넥스인
들이 소녀에게 함께 우주를 탐험하지 않겠느냐고 묻는다. 소녀는
고개를 끄덕인다. 소녀의 어머니는 눈물을 흘리며 만류하지만 소
녀는 오히려 별들이 가득 찬 밤하늘을 가리키며 어머니를 설득

한다. 확신에 가득 찬 소녀의 모습에 마침내 어머니는 고개를 끄덕인다. 소녀는 활짝 웃는 얼굴로 우주선으로 향하고 어머니는 소녀에게 다시 돌아올 날을 기다리겠다고 약속한다. 그리고 드디어 세월이 흘러도 여전히 변함없는 모습으로 이넥스인의 우주선을 타고 소녀는 고향으로 돌아온다.

감격에 차 눈물을 흘리는 소녀의 모습 위로 글자가 떴다.

조선 소녀
설아의 약속.
대한민국과 전 지구인들은
설아와 이넥스인의 방문을 진심으로 환영합니다.

광고판에서 흘러나온 불빛이 반짝거리며 혜림이의 얼굴을 물들였다.

"정말 설아라는 아이가 저렇게 떠난 거야?"

"저걸 보니까 그런가 봐."

사람들의 말소리에 혜림이는 뒤를 보았다. 혜림이 또래의 아이 두 명이 저희끼리 이야기를 하고 있었다.

"사백칠십 년인데 자꾸만 오백 년이라고 시간을 부풀려 말하는지 모르겠어."

"그래야 더 감동적으로 보여서 그러는 거 아닐까?"

"그런 건가? 참, 저 아이, 조선에서 떠날 때 나이가 열다섯 살 이었대."

"지금 나이가 오백 살쯤 되었을텐데 소녀라니까 이상하다."

"꼭 냉동 보존된 사람 같지."

혜림이는 FFH 바이오랩 냉동 보존 센터에 있는 언니를 떠올렸다. 이제 혜림이보다 나이가 적은 언니를……. 언니는 냉동 보존되며 몸뿐 아니라 나이도 얼었다.

'냉동 보존을 하면 엄마 나이도 얼겠지.'

혜림이는 가슴이 먹먹했다. 그때 '띠링' 알림이 울렸다. 라윤이다.

혜림이는 오늘 학교에서 쉬는 시간에 라윤이에게 엄마가 냉동 보존을 신청하고 싶어 한다는 말을 하며 분통을 떠트렸었다. 물론 다른 아이들이 들을까 봐 크게 말하지 못하고 소곤거렸다. 혜림이의 말을 들은 라윤이는 깜짝 놀라 아무 말도 하지 못했다.

라윤이의 메시지에 혜림이의 외로운 마음이 조금 누그러졌다.

‘엄마가 냉동되어도 난 상관없어.’

혜림이는 상관없다고 자꾸만 되뇌었다.

며칠 뒤, 혜림이의 집에 스페어가 왔다. 스페어는 생김새가 엄마와 똑같았다. 라윤이의 이야기를 들어 알고 있었는데도 혜림이는 당황했다. 엄마는 스페어를 ‘엄마’라고 부르라고 했다.

“싫어!”

혜림이는 소리치며 방으로 들어갔다. 그리고 집 안 전체가 울릴 만큼 큰 소리가 나도록 문을 닫았다.

“혜림아, 너 왜 그래? 엄마 좀 도와줘. 제발! 엄마 너무 힘들어. 부탁이야.”

엄마가 방문을 열고 애원했다.

“엄마가 원해서 하는 일인데 왜 힘들어? 내 엄마 노릇 그만하는데 뭐가 힘들어? 언니 엄마 노릇 하려니까 힘든 거지. 언니 때문에 힘든데 왜 나한테 말해. 언니한테 말해!”

“언니는 아프잖아. 혜림아, 너는 언니가 불쌍하지도 않니?”

“언니만 불쌍하고 나는? 나는? 그렇게 힘들면 엄마도 스페어 주문해. 언니 닮은 스페어를 주문하면 되잖아. 엄마도 스페어를 재림이라고 부르면 되잖아.”

“너는 정말 못…….”

엄마가 몸을 부르르 떨며 뒷말을 삼켰다. 하지만 혜림이는 그

입모양으로 엄마가 무슨 말을 하려 했는지 알았다.

"그래, 나 못됐어."

혜림이는 방문 앞에 서 있는 엄마를 밀치며 집을 나왔다.

집을 나왔지만 딱히 갈 곳이 없었다. 혜림이는 갈 곳을 찾지 못하고 이곳저곳을 헤맸다. 거리에는 사람들이 많았다. 한 무리의 외국인들이 혜림이 앞에 멈춰 섰다. 외국인들은 길을 찾는지 주변을 두리번거렸다. 그러다가 한쪽 길을 가리키며 걸음에 속도를 높였다.

혜림이는 그 외국인들의 신발 뒤축을 보며 따라 걸었다. 딱히 갈 곳이 없었기에 가야 할 곳이 있는 그들이 부러웠다. 그들은 종종 소리내어 웃었다.

그들을 따라 도착한 곳은 시청 광장이었다.

우주선이 한국의 하늘에 머무르고 많은 외국인들이 한국으로 왔다. 시청 광장에 상자가 세워지고는 더 많은 외국인들이 한국에 왔고, 상자 앞에 가는 것은 필수 관광 코스였다.

시청 광장은 사람들로 복잡하고 소란스러웠다. 한 무리의 사람들이 전자 피켓을 흔들며 '외계인은 지구에서 물러가라.'라고 외치고 있었다. 그 맞은편에서는 '세계평화단체'라는 띠를 몸에 두른 사람들이 '외계인을 환영한다.'라는 현수막을 펼치고 꽃을 흔들었다. 다양한 인종이 모인 차별반대협회에서는 '세상의 모든 차별에 반대한다.'라며 다양한 나라말로 외쳤다. 외계인을 위해 보내는 전파도 틀었는데, 그 전파 소리가 마치 유리를 손톱으로 긁는 것처럼 끔찍했다.

조잡한 장난감이나 간단한 먹을거리를 파는 노점상들이 사람들 사이사이를 오갔다. 조금 걸어가니 임시로 설치한 부스들이 즐비하게 나왔다. 제일 큰 부스에서는 세계 음식 문화 축제가 열렸고, 그 옆 부스에는 세계 전통 의상 전시회가 진행되고 있었다. 많은 사람들이 한복을 대여해 주는 부스와 떡과 수정과를 파는 부스에 몰려들었다.

"성금 부탁드려요."

두리번거리며 사람들을 보던 혜림이 앞에 패드가 불쑥 내밀어졌다. 패드에는 전자 지갑이 떠 있었다. 우주 어딘가에 있을 불쌍한 외계인을 돕기 위한 기금 모금이었다. 혜림이는 어깨를 으쓱해 보이고는 지나쳤다.

"학생, 여기 서명 좀 해 줘요. 지구를 잘 지켜서 우리 후손에게 물려줘야 하지 않겠어요?"

한 사람이 말을 걸며 전자 페이퍼를 혜림이 앞에 내밀었다. 전자 페이퍼에는 지구를 지켜 후손에게 물려주기 위해 모든 과학 발전에 반대하며 조선 시대에 살았던 생활 방식으로 살아야 한다는 내용이 적혀 있었다.

기업들이 신제품을 광고하기 위해 만든 체험관과 대형 광고판도 있었다. 광고판에서는 머리가 어지러울 정도로 화려한 빛이 계속 뿜어져 나왔다.

광장 한가운데에 이넥스인들이 설치한 상자가 보였다. 은빛과 푸른빛이 도는 상자는 이상하게도 빛이 나면서도 눈부시지 않았고, 단순히 은빛과 푸른빛이라는 말로 단정 짓기에 그 색이 오묘했다.

사람들은 약속이나 한 듯 상자 1미터쯤 앞에 멈춰서서 바라보고 있었다. 상자를 지키는 경찰은 한 명뿐이었다. 처음에는 삼엄하게 경계를 했으나 이내 그럴 필요가 없다는 것을 알게 되었다. 상자는 스스로를 지켰다.

상자는 1미터 안으로 들어오려는 사람들을 부드럽게 밀어냈다. 마치 거대한 공기 덩어리가 밀어내는 것 같았다고 사람들은 말했다. 종종 객기를 부려 멀리서부터 힘껏 달려드는 사람들이 있었는데, 그런 사람들은 자신이 쓴 힘에 비례해서 멀리 튕겨 나갔다.

사람들은 친구들, 가족들과 함께 즐거워했다. 사람들 무리에서 혜림이는 더욱더 외로웠다. 혜림이는 하늘을 올려다보았다.

'나도 떠나고 싶어.'

혜림이는 우주선을 타고 떠나면 엄마가 슬퍼하며 자신을 찾을지 궁금했다. 말도 없이 떠나 버리면 엄마가 당황할 것이라고 생각하니 고소하기까지 했다.

이보시오.

누군가 부르는 소리에 혜림이는 놀라 주변을 살폈다. 누구도 혜림이에게 말을 건 사람은 없었다.

이보시오. 진실로 우주선을 타고 이곳을 떠나고 싶소?

누구냐고 묻기도 전에 혜림이는 말을 하고 있는 사람이 이넥스인이라는 것을 알아차렸다. 이넥스인의 말은 소리로 들리는 것이 아니라 정보를 전달받듯 혜림이의 머릿속으로 들어왔다.

혜림이는 잠깐 망설였다. 그리고 고개를 끄덕였다.

설아를 만나시겠소?

"설아를요?"

갑작스러운 제안에 혜림이는 당황했다.

만나기 싫다면 거절해도 된다오.

"아니에요. 만날래요."

혜림이는 말을 하고는 자신은 상자 가까이 갈 수 없다는 것을 생각했다.

가까이 오시오.

혜림이는 상자 가까이 갔다. 경찰이나 다른 사람들이 자신을 보고 제지할까 걱정이 되어 주위를 살폈다. 그러나 혜림이를 보는 사람은 아무도 없었다. 상자 앞에서 혜림이는 날카로운 눈으로 사람들을 살피며 걷던 경찰과 마주쳤지만, 경찰은 혜림이가 보이지 않는지 그냥 지나쳤다.

상자의 문이 저절로 열렸다. 상자 안을 보려고 했지만 칠흑처럼 어두워 아무것도 보이지 않았다. 혜림이는 상자 안으로 들어갔다. 문이 닫혔다.

물에 젖은 나무 냄새, 싱그러운 풀 냄새가 났다. 동물의 울음소리도 들려왔다. 동물이 덤벼들지 모른다는 생각에 혜림이는 두려움에 떨었다.

두려워하지 마시오.

이넥스인의 말이 혜림이의 머릿속으로 들어왔다. 혜림이의 두려움이 가라앉았다.

혜림이의 앞으로 구불구불한 길이 나타났다. 혜림이가 서 있는 곳은 험한 산속이었고 밤인지 날이 어두웠다. 어둠에 눈이 익숙해지자 산을 올라오는 사람들이 보였다. 남자들이 가마를 메고 산을 올라오고 있었다. 남자들은 혜림이 앞에 거칠게 가마를 내려놓았다. 그 바람에 가마가 크게 흔들렸다. 가마를 메고 온 남자들은 거친 숨을 골랐다. 굵은 팔뚝으로 이마에 맺힌 땀을 닦았다.

'힘드니 그만 가세.'

'간성까지 왔으니 찾아오진 못하겠지?'

'나리도 참 너무하시지.'

'부모에게 버려지다니 참으로 불쌍하네.'

'어허, 이 사람들아, 그 입 조심하게.'

남자들이 수군거렸다. 늙수그레한 남자가 '가세.'라고 말하자 사람들은 왔던 길을 되돌아갔다. 그들의 발에 밟힌 나뭇가지가 부러지면서 딱, 따닥 소리를 냈다. 발소리가 사라지자 가마를 함부로 내려놓을 때도, 남자들이 말하는 동안에도 내내 열리지 않던 가마 문이 열렸다. 하얀 한복을 입은 소녀가 나왔다.

소녀는 기침을 심하게 했다. 입에서 피가 왈칵 나왔다. 소녀가 털썩 주저앉았다. 혜림이는 깜짝 놀라 소녀의 어깨를 잡았다. 손이 허공을 스쳐 지나갔다. 그제야 혜림이는 극도로 잘 만들어진 실감 현실 속에 있다는 것을 깨달았다. 증강 현실을 더 발전시킨 실감 현실은 가상과 현실이 구별되지 않을 정도지만, 이넥스인들의 실감 현실은 특히나 더 생생해서 실감 현실이라는 것이 믿어지지 않을 정도였다.

저 소녀는 설아라오. 나이는 열다섯, 설아는 결핵에 걸렸다오.

설아는 어지러운지 두 눈을 꼭 감고 있었다. 핏기라고는 쥐어짜서 없앤 것처럼 창백한 얼굴이었다. 설아의 감은 두 눈에서 눈물이 흘러내렸다. 산속은 추웠다. 산짐승이 우는 소리가 가까이에서 들렸다. 풀을 밟는 기척도 났다. 설아는 두려움에 몸을 떨며 가마 안으로 숨었다. 가마 문을 들추지 않아도 가마 안의 설아가 혜림이의 눈에 보였다. 설아는 소리 없이 흐느끼고 있었다. 혜림이는 가마 옆에 쪼그려 앉았다.

"괜찮아?"

실감 현실이라는 것을 잊어버리고 혜림이가 물었다. 혜림이는 동갑이라는 이유로 설아가 친근했다.

설아는 어떻게든 살아남으려고 애를 썼다. 그러나 점점 지쳤고 기침은 더 심해졌다. 하얀 한복 여기저기에 붉은 피가 묻었다. 설아는 집으로 돌아가는 길을 알고 있었지만 돌아가지는 않았다.

"가. 집으로 돌아가. 엄마한테 아프다고 말해. 이러다 죽겠어."

혜림이가 안타까워 설아에게 소리쳤다.

나흘이 지났다. 설아는 지쳐 쓰러졌다.

'설아야, 미안하다. 다음 생에 우리 모녀 꼭 다시 만나자. 다시 만나 오래도록 함께 살자. 약조하마, 다음 생에서 어미가 너를 기다리마.'

가마에 타기 전 어머니가 한 약조를 떠올리며 설아는 눈물을 흘렸다. 설아는 그것이 헛된 약조임을 알고 있었다.

'네 동생에게 그 몹쓸 병을 옮길 수야 없지 않느냐. 네 동생은 우리 집의 독자 아니더냐. 피접을 가거라.'

아버지는 빈말이라도 병이 나으면 데리러 오겠다고 말하지 않았다. 그저 좋은 곳으로 피접을 가라고 했다.

어두운 밤하늘에 해처럼 빛나는 것이 떴다. 그것은 지구를 탐험하러 온 이넥스인들의 우주선이었지만, 설아는 그것을 해라고 믿었다.

한밤중에 밝은 해가 뜨다니, 설아는 상서로울지 불길할지 모를 기운에 빌었다.

'이제 그만 나를 데려가시오. 제발.'

설아는 스스로를 포기했다.

"안 돼. 그러면 안 돼."

혜림이가 소리쳤다. 하지만 그 말은 설아에게 닿지 않았다.

설아는 머릿속에서 어떤 소리를 들었다. 무슨 말을 하는 것인지 말뜻을 이해하지 못했다. 그러자 머릿속에 광경이 펼쳐졌다.

설아는 자기 몸은 없어진 채로 어떤 거대하고 기이한 공간으로 스며드는 것을 보았다. 그곳에는 다른 존재들이 있었다. 설아는 이해하지 못했지만, 혜림이는 그것을 보며 유한한 유기체의 몸이 사라지고 정신이 데이터로 옮겨져 살아가게 된다는 내용을 설명하고 있다는 것을 깨달았다. 아마도 이넥스인은 저렇게 존재하는 것은 아닐까 하고 혜림이는 짐작했다.

설아는 그것을 죽음이라고 이해했다. 그래도 고개를 끄덕였다.

'당신들을 따라가겠소.'

햇덩이 같은 빛을 내는 우주선이 낮게 내려와 설아의 몸에 하얀 빛을 쏘았다. 빛은 설아를 그물처럼 촘촘히 감싸 들어 올렸다.

밝은 빛 속으로 설아가 사라졌다.

만나서 반가웠소.

방금까지 있던 산도 설아도 우주선도 사라지고 없었다. 머릿속에서 이넥스인들이 혜림이에게 이름을 묻고 있었다.

"혜림. 김혜림이예요."

안녕히 가시오, 혜림.

상자 문이 열렸다. 혜림이는 밖으로 나오며 이넥스인의 말투가 설아의 말투와 닮았다고 생각했다. 혜림이는 주변을 돌아보았다. 상자에 들어올 때 보았던 그 경찰은 아직도 그 자리에 그 자세 그대로 있었다.

이상했다. 나흘이 넘는 시간을 설아와 함께 보냈다. 물론 현실에서 나흘이 흐르지는 않았겠지만 그래도 분명히 꽤나 많은 시간이 흘렀다. 상자 안으로 들어가자마자 나왔다고 말할 시간은 절대 아니었다. 이상한 것은 또 있다. 저 작은 상자 안에서 혜림이는 넓은 산속을 헤매며 돌아다녔다. 다리가 꽤나 뻐근할 정도로 말이다.

혜림이는 상자를 다시 보았다. 어쩌면 상자 속의 시간과 공간은 지구와는 다르게 적용되는 것은 아닐까?

상자를 보며 생각에 깊이 잠겨 있던 혜림이는 천천히 걸음을 옮겼다.

엄마 노릇을 그만두려는 엄마와 엄마 노릇을 하는 스페어, 그리고 그 둘 다 보기 싫은 혜림이가 삐걱거리며 하루하루를 보내는 사이, 이넥스인들을 만나기 위해 세계에서 선발된 사람들이 대한민국에 왔다.

선발된 사람들은 상자 앞에 서서 기자 회견을 했다. 손에 둘둘 만 종이를 쥔 지구방위 사령관이 선발인들을 대표해 마이크 앞에 섰다.

"에, 지구방위 사령관으로서 제가 막중한 책임감을 가지고 그들을 만나겠습니다. 지구인들의 궁금증을 조금이나마 해소하기 위해 제가 최선을 다해 많은 것을 물어보겠습니다."

지구방위 사령관은 말을 하면서 두루마리처럼 말린 종이를 주르륵 폈다. 사령관은 설아를 위해 특별히 한지에 한글로 썼다는 말을 덧붙였다.

잔뜩 기대에 차서 상자에 들어간 사령관은 들어가자마자 나왔다. 무엇을 했느냐는 기자의 물음에 사령관은 잔뜩 쉰 목소리로 3박 4일 동안 세계 전문가들과 회의 일정을 잡고 회의를 했다고 했다. 잠을 한숨도 못 자고 말도 많이 해서 몹시 피곤하다고 말했다. 다른 사람들도 들어가자마자 나왔는데, 어떤 사람은 계속 돈을 세다가 나왔다고 했다. 또 어떤 사람은 거짓말하는 사람들을 보다가, 또 다른 사람은 방송 인터뷰만 하다가 나왔다고 했다.

결국 그 누구도 이넥스인이나 설아와 만나지 못했다. 사람들은 실망했다.

그 뒤 설아의 후손을 찾았다는 보도가 나왔다.

설아가 여인이라 족보에 올라 있지 않아서 찾는 데 시간이 걸렸다고 했다. 게다가 후손을 자처하며 나타난 사람들이 너무 많았다. 먼지가 내려앉은 족보를 가져온 사람도 있었고 디지털 족보를 가져온 사람도 있었다.

설아의 동생인 김태은이 병을 얻어 13세에 죽어 대가 끊기는 바람에 찾는 데 더욱 시간이 걸렸다. 다행히 김근수에게는 남동생이 있어서 그 남동생의 아들, 그러니까 설아의 사촌에게 후손이 남아 있어 마침내 찾을 수 있었다고 했다.

후손들은 설아를 만나기 전 건강 검진을 하고 온갖 예방 주사를 맞았다. 드디어 내일 설아와 만난다고 했다. 처음으로 지구인이 설아와 이넥스인을 만나는 역사적인 사건이 내일 벌어진다며 사람들은 흥분했다.

스페어 엄마가 아침 식사를 차리는 소리가 났다. 공휴일이라 이렇게 일찍 아침을 먹을 이유도 없는데 스페어 엄마는 아침 일찍부터 서둘렀다.

엄마는 요사이 무척이나 바빠 보였다. 어젯밤에도 한 무더기의 서류를 들고 방에 들어갔다. 그리고 지금까지 방에서 나오지 않았다. 엄마가 냉동 보존에 대해 말한 이후 혜림이와 엄마는 그 일에 대해 더 말하지 않았다.

"혜림아, 아침 먹자."

스페어 엄마가 혜림에게 새우달걀탕을 떠 주고는 맞은편 엄마 자리에 앉았다. 그 자리는 엄마 자리이니 앉지 말라고 말하고 싶었지만, 엄마가 스페어에게 자청해서 내어 준 자리였다. 엄마는 자리뿐 아니라 옷, 신발, 머리끈, 화장품까지 모든 것을 스페어에게 주었다. 혜림이까지도.

혜림이는 젓가락으로 밥알을 세며 깨작거렸다. 방에서 엄마가 나왔다. 엄마가 식탁으로 오자 스페어 엄마가 일어나 자리를 비켜 줬다. 엄마는 스페어 엄마가 앉았던 의자에 앉았다.

"맛있지?"

엄마가 혜림이에게 말했다. 혜림이는 대답하지 않았다.

"정말 엄마랑 똑같지?"

엄마는 먹지도 않을 새우달걀탕을 수저로 뒤적거렸다. 혜림이는 엄마의 얼굴을 빤히 보았다.

"생리에 대해 백 번쯤 말했어."

혜림이의 말에 엄마는 잠시 주춤했다.

처음 생리를 했을 때 언니는 무척이나 부끄러워했다. 생리를 할 때면 언니는 초코릿을 몹시 먹고 싶어 해 엄마는 초콜릿을 사다 주었다. 그러다 보니 언제부터인지 모르게 생리라는 말 대신 '초코릿 데이'라는 말이 쓰이게 되었다. '배가 아픈걸 보니 초콜릿 데

이인가 봐, 초콜릿 데이 약 먹을래?' 이렇게 말했다.

스페어 엄마는 어제 혜림이에게 초콜릿을 주며 "우리 혜림이, 생리 때는 초콜릿을 먹지?"라고 했다. "우리 혜림이 생리해서 배 아프지?", "혜림아, 생리통 약 줄까?"라고도 했다.

"저런, 내가 깜박했네. 수정해 놓을게."

엄마는 대수롭지 않게 말하며 뒤적이던 새우달걀탕을 한 술 떠 입에 넣었다.

"세상에! 어쩜 이렇게 내가 끓인 것하고 맛이 똑같니?"

혜림이는 스페어 엄마가 아무리 엄마인 척해도 엄마가 아니라는 말을 하고 있었고 엄마는 소용없다고, 스페어 엄마가 이제 혜림이의 엄마라는 말을 하고 있었다.

"혜림아, 엄마랑 갈 데가 있어."

엄마는 새우달걀탕 속 새우를 잘게 조각내고 있는 혜림이에게 말했다.

엄마와 함께 간 곳은 언니가 있는 **FFH** 바이오랩 냉동 보존 센터였다. 49층 높이의 거대한 센터 건물은 그 자체로 거대한 냉동 보존 캡슐처럼 보였다. 센터로 들어가면 저절로 얼어 버릴 것만 같은 건물 안에는 냉동 보존된 사람들과 냉동될 사람을 기다리는 빈 캡슐이 있었다.

언니가 냉동 보존된 뒤 엄마는 거의 매일 센터에 와서 언니를 만났지만, 혜림이가 이곳에 온 적은 손에 꼽을 정도다. 엄마는 혜림이에게 매정하다고 했지만 혜림이는 냉동된 사람들로 가득한 이 공간이 무서웠다.

엄마가 센터 문을 열고 들어갔다. 혜림이는 엄마 뒤를 바짝 따라갔다. 건물 안은 온몸에 소름이 돋을 만큼 서늘했다. 엘리베이터를 타고 언니가 있는 14층에서 내려 15호실이 있는 오른쪽 복도로 걸어갔다. 15호실의 닫힌 문 앞에서 엄마는 걸음을 멈추고 언니를 면회할 수 있는 코드 번호를 눌렀다. 문이 열렸다.

냉동 캡슐들이 일렬로 늘어서 있었다. 혜림이는 다른 캡슐들을 보지 않으려고 고개를 푹 숙이고 엄마의 다리만 보며 따라 걸었다. 15호실에는 열 개의 캡슐이 다섯 개씩 두 줄로 나란히 세워져 있었다. 엄마와 혜림이는 두 번째 줄로 갔다. 그리고 8호 캡슐 앞에 섰다.

"재림아!"

언니를 부르는 엄마의 목소리에는 도저히 받아들일 수 없는 절망과 믿을 수 없는 현실과 참을 수 없는 그리움이 섞여 있었다. 엄마는 마치 언니를 안 듯이 두 팔을 벌려 캡슐을 안았다. 캡슐은 커서 엄마가 두 팔을 뻗어도 앞면을 겨우 감쌀 뿐이다. 혜림이는 몇 번이나 심호흡을 하고 천천히 고개를 들었다. 혜림이의 고개가 뒤로 꺾어질 즈음 투명창이 보였다.

"…… 언니."

급속 냉동되는 과정이 고통스러웠던 건지, 아니면 긴장되어 힘을 준 건지 모르겠지만 언니는 미간을 찡그리고 한쪽 입꼬리가 삐뚤게 올라가 위 송곳니가 드러난 채 굳어졌다. 푸르뎅뎅한 낯빛, 반쪽이 썩어 들어간 얼굴, 그리고 한 번도 보지 못한 표정 때문에 언니의 모습은 무섭도록 낯설었다.

과거 사람들은 미래가 되면 과학과 의학이 발달해 인간이 생로병사에서 자유로워질 것이라고 기대했지만 미래가 현재가 된 지금, 여전히 치료할 수 없는 질병들이 생겨났다. 사람들은 또 미래를 기대하며 사람을 냉동 보존하여 생을 잠시 유예했다. 언젠가 병의 치료법을 찾으면 해동을 하고 치료하여 삶을 연장하기를 기대하면서 말이다.

건강했던 언니는 열두 살 무렵 병에 걸렸다. 처음에는 왼쪽 뺨이 가렵다며 긁었다. 엄마도 언니도 그리고 혜림이도 대수롭지 않게 생각했다. 그러다 얼굴 전체가 가려워졌고 목, 가슴, 팔, 다리까지 가려워지기 시작했다. 그중에서도 처음 병이 시작되었던 얼굴이 제일 가려워 언니는 피가 나도록 얼굴을 긁었다. 병원에 갔지만 병의 원인을 찾지 못했고 수많은 검사가 이어졌다. 병명도, 원인도 찾지 못했다. 이 약 저 약 다 썼고 치료도 받았지만 아무것도 소용없었다. 언니는 가려움 때문에 잠을 이루지 못했다. 그러다 제일 처음 가려움증이 시작되었던 왼쪽 뺨이 검게 변하더니 썩기 시작했다. 언니의 몸 절반 이상이 검게 변했다. 그대로

놔 두었다가는 언니는 온몸이 모두 썩어 죽을 것이 틀림없었다. 엄마는 미래에 치료법을 찾기를 기대하며 언니를 냉동 보존했다.

언니는 그때 열네 살이었고 혜림이는 열두 살이었다. 삼 년의 시간이 지난 지금 혜림이는 열다섯 살이 되었지만 언니는 여전히 열네 살에 멈춰 있다.

미리 만날 약속이 되어 있었는지 센터장이 15호실 안으로 들어왔다.

"여기에 어머니 자리를 마련해 놨습니다."

센터장은 엄마를 보자마자 언니가 있는 8호 캡슐의 옆을 가리키며 말했다. 원래라면 7호 캡슐이 있어야 할 자리는 텅 비어 있었다.

"7호 캡슐의 가족분들께 어머니 사정을 설명하며 부탁드렸죠. 감사하게도 자리를 옮기는 것을 허락해 주셨습니다."

센터장은 자리는 냉동되는 순서대로 채우는 것이 원칙이라고 했다. 센터의 원칙에는 어떤 예외도 없지만, 예외가 없는 것에도 예외는 있는 것이 아니냐며 껄껄 웃었다. 자리를 만들기 위해서 7호 캡슐 가족에게 전화를 걸어 얼마나 열심히 부탁했는지를 설명하며 센터장은 냉동하면서까지 자식 옆에 있고 싶은 그 애끓는 모정을 충분히 알고 공감한다고 말했다. 자기도 자식을 키우고 있다고 마치 엄청난 비밀을 말하는 사람처럼 엄마의 귀에 대고 속삭였다.

"목숨을 건 엄청난 모정, 홀로 남을 자식을 위한 위대한……."

그때 혜림이와 눈이 마주친 센터장은 말을 멈췄다. 센터장은 못 볼 것을 본 사람처럼 시선을 돌리고 말을 이었다.

"낯선 미래에 홀로 남을 자식을 위한 위대한 희생! 이 얼마나 드라마틱하고 얼마나 가슴 벅차게 숭고한 사랑입니까!"

센터장은 몹시 감동받은 사람처럼 굴었다. 보통 사람들은 가질 수도 없고 상상할 수도 없는 대단한 모정을 가졌고 존경받아 마땅한 사람이라며 엄마를 추켜올렸다. 혜림이는 엄마의 그 대단한 모정이 자신을 향하지 않는다는 사실에 마음이 너덜너덜하게 찢겼다. 언니를 향한 숭고한 모정에 가려진 커다란 그늘을 사람들은 외면했다.

센터장은 엄마가 냉동되면 기사가 나갈지도 모르겠다고 말을 흘렸다. 기사가 나가면 냉동 보존을 하는 것에 회의적이거나 반대를 하는 사람들도 생각을 바꿀 것이라고 기대했다. 아울러 센터가 알려져 이용자가 몰릴 것이라며 한껏 기대에 부풀었다. 센터장은 '미래에 깨어날 숭고한 사랑'이라는 제목까지 지어 놓았다며 웃었다. 전자 지갑에 두둑하게 쌓일 돈을 상상하는지 센터장의 입이 귀에 걸릴 지경이었다.

"혜림이가 해동 요청을 하면 저를 먼저 깨워 주세요. 제가 깨어나 재림이를 보살필 수 있게요."

별다른 말 없이 묵묵히 듣고만 있던 엄마가 나직하지만 강한 어조로 말했다.

"아, 물론이지요. 그리고……."

센터장은 고개를 끄덕였다.

"혹시라도 해동 요청을 할 수 없는 상황이 와도 재림 양의 치료가 가능해지는 때가 되면 반드시 어머님을 깨울 겁니다. 어머님께서 계약서에 단서 조항을 덧붙이신 대로 말입니다."

냉동 보존할 때 해동 요청 권한자를 정하게 되어 있다. 해동 요청 권한자는 치료법이 개발되었을 때는 물론이거니와 경제적 문제로 또는 냉동 보존을 지속할 의사가 사라졌을 때 해동을 요청할 수 있게 되어 있다. 해동 요청 권한자가 죽게 되면 어떻게 할 것인지는 동결 시 계약에 따르게 되는데, 대개는 치료법이 생기면 업무 담당자가 깨우는 것으로 계약을 했다.

언니가 냉동될 때 해동 요청 권한자로 엄마를 지정했고 엄마 사후에는 혜림이로 지정했다. 엄마는 엄마의 냉동 보존 후 해동 요청 권한자로 혜림이를 지정했다. 그러니까 지금 저 센터장이 말한 '해동 요청을 할 수 없는 상황'은 혜림이가 늙든 사고든 병으로든 죽고 없는 때를 말하는 것이다.

죽을 때까지 엄마를 볼 수 없을지도 모른다. 앞으로 수없이 많은 날들을 차갑게 얼어붙은 엄마를 보다가 생이 끝날지도 모른다. 운이 좋다면 혜림이가 할머니가 되었을 때 딸 같은 엄마를 만날 것이다. 그보다 더 운이 좋다면 엄마의 나이쯤 되어 친구 같은 엄마를 만날지도 모른다. 가슴이 먹먹해지면서 눈에 뜨거운 눈물이 고였다.

"자, 이제 올라가시죠."

센터장이 앞장을 섰다. 어디를 가자는 것인지 엄마는 묻지 않고 센터장을 따라갔다.

센터장을 따라 도착한 곳은 49층에 있는 센터장 사무실이었다. 자리에 앉자마자 센터장은 전자 패드를 꺼내 탁자 위에 올려놓았다.

"모든 것이 다 됐습니다. 이곳에 서명을 하고 음성 기록을 남기면 끝납니다."

센터장은 패드를 엄마 앞이 아닌 혜림이 앞으로 밀었다. 혜림이가 쳐다보자 천천히 패드를 터치했다. 거기에는 엄마가 작성한 냉동 보존 신청서가 있었다. 센터장이 패드를 터치하자 정부의 허가장이 나왔고 다시 패드를 터치하니 가족 동의서가 나왔다. 가족 동의서는 오직 한 칸, 혜림이 서명 칸만 비워져 있을 뿐 다 완성되어 있었다. 패드를 자꾸 내미는 센터장의 손을 엄마는 지그시 밀었다.

"혜림아, 엄마는 네가 열다섯 살이 되기만 기다렸어. 너는 이제 열다섯 살 하고도 두 달이 더 지났어."

엄마는 패드에 담긴 내용을 설명했다. 엄마는 혜림이가 스무 살까지 매달 생활비와 학비 등을 넉넉하게 받을 수 있게 나누어

연금으로 넣어 놓았고 센터에 냉동 보존 비용도 미리 지불해 놓았다. 그러고도 남은 재산과 주식은 혜림이가 스무 살이 되면 직접 관리하게 해 놓았다.

"혜림아, 치료법이 개발되면 센터에서 연락이 올 거야. 그럼 엄마 해동을 먼저 요청해. 알았지?"

혜림이는 분노와 원망을 숨기지 않고 엄마를 보았다.

"너는 그래도 익숙한 곳에 살잖아. 스페어 엄마도 있고. 미래에 혼자 남은 재림이는 어떻겠어. 나이도 너보다 어린데……."

엄마 말처럼 언니는 이제 혜림이의 동생이 됐다. 가슴이 터질 것처럼 답답한데, 화가 미칠 듯이 끓어오르는데, 말은 나오지 않았다.

센터장은 말도 안 되는 떼를 쓰는 아이를 보듯 혜림이를 보았다. 언니를 위해 냉동 보존을 결심한 엄마가 얼마나 큰 용기를 낸 것인지 한번 생각해 보라고 충고했다.

"우리 금방 만날 수 있어. 혜림아, 엄마가 약속할게."

엄마는 아이처럼 새끼손가락을 내밀었다.

"혜림아, 우린 꼭 만날 거야."

"못 만나면? 영원히 못 만나면?"

혜림이가 물었다. 엄마는 고개를 저었다.

"아니야. 다음 생에라도 우리는 꼭 만날 거야. 약속해. 엄마가 널 찾을게. 엄마가 널 기다릴게. 약속해. 엄마가 약속할게."

과학에 기대어 미래를 기약하면서 다음 생을 말하는 엄마를 보니 헛웃음이 나올 지경이었다. 혜림이에게 엄마의 말은 혜림이 곁이 아니라 언니 곁에 있고 싶어서 둘러대는 핑계일 뿐이었다.

시공간이 다르게 흐르는 것은 이넥스인이 만든 상자나 광활한 우주에서만 일어나는 일이 아니다. 언니가 냉동되고 시간은 흘렀지만 언니와 엄마의 시간은 얼어붙었다. 혜림이의 시간은 흘렀지만 엄마의 시간은 1초도 흐르지 않았다. 그래서 여전히 엄마는 언니가 막 냉동된 그때처럼 고통스러워하고 슬퍼한다. 엄마는 언니가 냉동될 때 함께 냉동된 것이나 다름없다. 엄마는 지난 삼 년 동안 혜림이의 옆에 있었지만 온전히 곁에 있었던 적은 단 한 번도 없었다.

"다음 생에 만나자고? 그 약속 지킬 수 있어? 엄마, 정말 지킬 수 있어?"

혜림이가 소리를 질렀다. 센터장이 고개를 저으며 일어나 사무실을 나갔다.

"지키지 못할 약속이라는 걸 알면서 거짓으로 하는 약속이잖아. 난처한 상황을 모면하려고 하는 약속이잖아. 누굴 위해서 그런 약속을 하는 거야? 나를 위해서? 희망을 가지고 살라고? 거짓말하지 마. 엄마 마음 편하려고 거짓말하는 거잖아. 나 버리려고 거짓 약속하는 거잖아?"

"혜림아, 언니가 저렇게 된 건 다 엄마 때문이야."

뜬금없는 엄마의 말이었다.

"엄마는 알 수 없는 병에 걸렸었어. 엄마도 언니처럼 얼굴이 가려웠었어."

엄마는 병의 원인을 찾기 위해 검사를 했지만 원인을 찾지 못했다. 어떤 바이러스에 감염된 듯 싶은데 도대체 무엇인지 찾을 수가 없었다. 정밀 검사를 해야 했지만 당시에 엄마는 고미술 복원 일이 계획되어 있었다. 몇 년 전부터 예약되어 있었던 일이었고 사람들의 기대와 관심이 쏠려 미루거나 취소할 수 없는 일이었다.

엄마는 해외로 출장을 가며 최대한 빨리 일을 마치고 돌아와 정밀 검사를 하거나, 아니면 해외에서 치료를 하기로 결정했다. 그런데 걱정과 달리 가려움증이 사라졌다. 원인 모르게 증상이 시작되었던 것처럼 원인 모르게 그 증상이 사라졌다. 그리고 엄마는 임신한 것을 알게 되었다. 출장에서 돌아와 검사한 병원에서는 미확인 바이러스에 감염되었을지 모를 태아의 건강을 염려했으나, 아이를 포기할 수는 없었다.

노심초사하며 태아의 건강을 살폈는데 다행히 엄마도 태아도 놀랍도록 멀쩡했다. 그렇기에 엄마는 이 일을 잊고 있었다. 언니 얼굴이 썩는 자리를 보고서야 엄마는 언니를 가졌을 때 엄마 역시 얼굴이 가려웠다는 것을 떠올렸다.

"언니가 뱃속에 있을 때 제대로 치료를 했다면……. 다 나 때문이야. 재림이에게 미안해서 견딜 수가 없어."

처음 듣는 이야기였다. 자신 때문이라는 자책에 엄마는 홀로 끝없이 괴로워했던 모양이었다.

"쉽게 결정한 것 아니야. 혜림아, 엄마는 생각하고 또 생각했어. 하지만 방법이 없었어. 이게 가장 최선의 방법이야."

"나한테도 같이 냉동하자고 하면 되잖아? 왜 그 말은 안 해?"

"혜림아, 엄마는 너도 함께 냉동하자고 말하고 싶어. 하지만 너는 나이가 안 되잖아."

"엄마가 기다려. 내가 더 클 때까지, 내가 엄마가 없어도 될 때까지 기다려!"

"엄마는 지금 쉰일곱이야. 혜림아, 너와 함께 냉동을 하려면 25년을 더 기다려야 해. 그때 엄마는 너무 늙어 어쩌면 죽고 없을지도 몰라. 설령 냉동을 한다고 해도 엄마가 늙으면 판단할 능력도 없고 힘도 없어서 재림이를 돌보기는커녕 오히려 재림이에게 짐이 될 거야."

혜림이가 어떤 말을 해도 엄마는 답이 있었다. 그러나 엄마가 어떤 말을 해도 혜림이에게는 단 하나의 생각만 들었다.

"엄마는 날 버리는 거야. 난 버려졌어."

혜림이는 벌떡 일어나 센터를 나왔다.

학교에서 돌아오자마자 혜림이는 방으로 들어가 방문을 걸어

잠갔다. 세문경에서 생방송이 나왔다. 설아와 후손이 만나는 방송이 나오면 자동으로 나오도록 혜림이가 설정했었다.

"먼 길을 돌아 고향에 온 소녀가 드디어 그리던 가족을 만나게 됩니다!"

기자는 조선 시대에 이넥스인을 따라 우주로 떠난 설아의 모험 정신을 높이 샀고, 설아를 그리워했을 가족들의 절절한 심정을 이야기하고 있었다.

혜림이는 침대에 누웠다. 학교에서의 일이 떠올랐다.

"너희 엄마 냉동 보존한다면서?"

학교에서 쉬는 시간에 반 아이 한 명이 다가와 혜림이에게 물었다. 그 목소리가 커서 아이들의 시선이 모두 혜림이에게 모였고 혜림이는 당황했다. 아이들은 처음에는 놀랐다가 저희끼리 소곤대다 동정에 찬 눈으로 혜림이를 보았다. 혜림이의 얼굴이 뜨겁게 달아올랐다.

"지금 후손이 상자로 들어갑니다. 어떤 이야기를 나누게 될지 궁금합니다. 앗, 이게 어떻게 된 일입니까? 벌써 나왔습니다."

세문경에서는 여전히 방송이 흘러나왔다. 상자 안에서 무슨 일이 있었는지를 묻는 말에 후손이 긴장한 표정으로 설아를 만났으나 말없이 쳐다보기만 했다고 대답했다. 그러고는 몹시 슬퍼 보이는 눈빛으로 안녕히 가시라는 인사를 남기고 사라졌다고 했다. 후손은 아마도 자신을 만나니 가족이 더욱더 생각나서 그런 것 같다고 추측했다. 극적이고 감동적인 재회를 기대했던 기자는 맥이 빠졌는지 힘없이 방송을 했다.

띠링, 알람 소리가 나더니 세문경에서 나던 방송 소리가 작아졌다.

세문경이 문자를 읽었다.

아이들 사이의 소문은 빠르게 돈다. 아마 어떤 외계 행성의 우주선보다도 빠를 거다. 라윤이는 선의에서 한 행동이지만 결과는 혜림이에게 상처가 되었을 뿐이다.

메시지를 다 읽은 세문경은 다시 방송 소리를 높였다.

"정부는 다만 한 명의 과학자만이라도 우주선을 타고 이넥스 행성에 갈 수 있도록 협의하고 있는 것으로 알려졌습니다."

혜림이는 벌떡 일어났다. 그리고 방문을 열었다. 거실에는 아무도 없었다. 혜림이는 집을 빠져나왔다.

혜림이는 시청 광장으로 갔다. 상자에 가까이 다가가자 부드러운 공기 같은 것이 천천히 혜림이를 밀어냈다. 혜림이는 조용히 중얼거렸다.

"설아야, 나를 데리고 가 줘. 나도 떠나고 싶어. 제발."

또 왔구려, 혜림.

자신의 이름을 기억하는 이넥스인들에게 감탄하고 감사하기에 혜림이는 너무 지치고 혼란스러웠다. 머릿속이 쓰레기로 가득 찬 기분이었다.

당신도 이넥스플로라투스에 가고 싶소?

"네."

우리는 지구인들과는 다른 형태로 존재하오.

"알아요. 그래도 가고 싶어요."

사실 무섭다. 그래도 이곳을 떠나고 싶었다. 혜림이는 엄마에게 버려지기 전에 자신이 먼저 엄마를 버리고 싶었다. 엄마의 마음에 깊은 생채기를 내고 싶었다.

그때의 설아와 똑같구려.

혜림이를 밀어내던 부드러운 힘이 사라졌다.

"설아는, 괜찮나요?"

설아에게 물어보고 싶은 것이 있었다. 너무 아파서 차마 입 밖으로 말하지는 못했지만 버려질 아이가 버려진 아이에게 어떻게 살았는지, 어떻게 견뎌 냈는지 묻고 싶었다.

머릿속에서 이넥스인들의 침묵이 느껴졌다. 상자의 문이 열렸다. 혜림이는 상자 안으로 들어갔다.

어두운 상자가 밝아지더니 설아가 나타났다. 지난번에 본 것처럼 아주 생생한 실감 현실이라고 생각했다. 하지만 그때와 조금 달랐다. 설아가 혜림이와 눈을 맞추더니 천천히 입을 열었다.

"당신도 스스로를 버리려 하시오? 그때의 나처럼?"

설아가 우주선을 타고 떠난 것은 자신조차 자기를 버리고 싶어서였다.

"누구도 내게 괜찮은지 묻지 않았다오. 나 자신도 말이오."

작고 나직한 음성이 귓가에 들렸다. 설아는 소리를 내어 말하고 있었다.

"내가 병에 걸리자 아버님은 하나뿐인 아들에게 병이 옮을까 걱정하신 나머지 잠을 이루지 못하셨다오. 아버님은 나를 좋은 곳으로 피접 보내 주겠다 하셨소. 나는 그것이 거짓이라는 걸 알았소. 허나 내가 알았다고 해서 달라지는 것은 없었소. 나는 어머님께 집에 있게 해 달라고 죽더라도 이곳에서 죽을 수 있게 해 달라 간절히 청하였소. 어머님은 내 눈을 피하며 다음 생에 다시 만나자, 그때는 버리지 않겠노라 약조하시었소."

설아는 목이 메어 몇 번이나 말을 멈추었다.

"다음 생에 만나자고 했다고? 그것도 거짓이잖아. 그 약속이 지켜질 것이라고 믿은 거야?"

혜림이는 터무니없게도 설아에게 화를 냈다.

"지키지 못할 약조라는 것을 알았소. 허나 무엇도 내가 할 수 있는 일은 없었소. 그래서 믿는 척하였소, 덜 비참해지려고."

이넥스인들은 혜림이에게 물었던 것처럼 설아에게도 이넥스플로라투스에 가기를 원하는지 물었다. 다른 형태로 존재해도 괜찮은지 물었다. 설아는 죽어도 살아도 상관없다고 그대들만 허락한다면 따라가고 싶다고 청했다.

"몹시 비참해서, 외로워서 나는 나를 버렸소. 나는 아무렇게나 되어도 상관없다 생각했소. 이곳이 절대로 그립지 않을 것이라 생각했다오. 이곳은 내게 상처뿐인 곳이니 말이오. 한데 아니었소. 나는 늘 그리웠소. 고향의 풀 한 포기조차 그리웠다오. 스스로를 버린 나 자신이 원망스러웠다오. 그리움을 견디다 못한 나는 어머니의 약조를 핑계 대며 이들에게 고향에 한번 가고 싶다 청하였소."

절망과 슬픔에 가득 찼으나 설아는 눈물조차 흘리지 못했다.

"약조가 지켜질 리 없음을 이들도 알았으나 나를 가련히 여긴 것인지 이리 데려다주었다오. 이곳에 와 보니 내가 보낸 시간과 이곳의 시간이 다르게 흘렀음을 알 수 있었소. 그리고 이제 나는 고향의 땅속에서조차 쉬지 못할 존재가 되었음을 깨달았다오. 마음이 몹시도 아득하오. 내 누구에게도, 내 후손이라는 그이에게도 말하지 않은 사연을 그대에게 전하는 것은 내게 괜찮냐고 물어봐 준 이이기 때문이오.”

혜림이는 잠깐 동안 설아의 후손을 떠올렸다. 설아가 다시 입을 열었다.

“그는 나를 만나러 온 것이 아니었다오. 그는 나를 구경꾼마냥 보러 왔다오. 머릿속으로는 혹 외계의 병균에 옮으면 어떡하나 걱정하면서 또 한편으로는 나를 이용해 돈을 벌 수는 없을까 궁리했다오.”

혜림이는 설아가 안타까워 아무 말도 하지 못했다.

“혜림!”

설아가 혜림이를 불렀다. 혜림이는 설아를 보았다. 설아는 한동안 혜림이를 물끄러미 보았다.

“그대는 괜찮소? 정녕 괜찮소?”

엄마도, 센터장도, 스페어 엄마도, 그 누구도 묻지 않은 것을 설아가 물었다. 목에서 흐느낌이 들끓었다.

아무 말도 못 하고 서 있는 혜림이에게 설아가 다가왔다. 설아는 손을 살며시 뻗었다. 혜림이도 조심스럽게 손을 뻗었다. 둘은 서로의 손이 통과하지 않게 조심하면서 손을 잡았다. 비록 진짜 손을 잡은 것은 아니지만 충분히 위로가 되었다.

“그대는 나처럼 스스로를 버리고 헤매지 마시오. 나처럼 떠돌지 마시오.”

혜림이를 진심으로 위로한 사람은 시간과 공간을 달리한 설아 였다.

설아와 헤어지고 나오며 혜림이는 이넥스인의 말을 들었다.

이곳 시간으로 닷새 후 우리는 떠나오. 우리와 같이 떠나기 를 원한다면 그때까지 오시오.

혜림이가 물었다.

“많은 사람들이 가기를 원했는데 왜 저를 데려가나요?”

설아도 혜림 그대도 아무 속셈 없이 오로지 절박하게 이곳 을 떠나고 싶어 했기 때문이오.

혜림이는 상자에서 나왔다.

엄마는 스페어 엄마와 함께 부엌을 정리하고 있었다. 혜림이는 식탁에 앉아 엄마에게 물었다.

“엄마, 정말 냉동 보존하고 싶어?”

설아를 만나고 온 후 혜림이는 꼬박 이틀을 고민했다.

“혜림아, 왜 또……”

엄마는 얼굴을 구겼다. 그래도 혜림이는 물었다.

“엄마가 정말로 원하는 거야?”

엄마는 고개를 끄덕였다.

"알았어. 사인할게."

혜림이의 말에 놀랐는지 엄마는 부엌살림을 정리하던 손을 멈추고 멍하니 혜림이를 보았다. 그러고는 혹시라도 혜림이의 마음이 변할까 염려하며 허겁지겁 FFH 냉동 보존 센터로 전화를 했다. 엄마는 서둘렀다.

엄마와 혜림이는 함께 센터로 갔다. 가는 내내 한마디 말도 하지 않았다.

그때 그 자리, 49층에 있는 센터장 사무실에 혜림이는 엄마와 나란히 앉았다. 앞에 앉아 있던 센터장이 전자 패드를 혜림이에게 내밀었다. 패드를 받는 혜림이의 손이 떨렸다. 단단히 결심을 하고 왔지만 마음이 사정없이 떨렸다. 혜림이는 엄마를 쳐다보았다.

'엄마, 내 곁에 있어 주면 안 돼요?'

이 말을 하고 싶었지만 혜림이는 끝내 하지 않았다. 서명을 하고 패드를 센터장에게 되돌려주자 엄마는 여태 한 번도 묻지 않은, 그러나 진작 물었어야 할 말을 물었다.

"혜림아, 너 괜찮지? 잘 지낼 수 있지?"

너무 늦은 말이어서 혜림이는 대답하지 않았다. 엄마의 눈이 붉게 충혈되었다.

집에 돌아와서도 혜림이는 엄마가 언제 떠나는지 묻지 않았다. 다만 스페어 엄마를 반납해 달라고 말했다. 엄마는 혜림이의 부

탁을 들어주었다. 서로에게 아무것도 묻지 않은 채 그저 아무 일
도 없는 것처럼 일상을 살았다.

　우주선은 지구를 떠났다. 세계 각국에서 환송 행사를 열었다.
많은 사람들이 시청 광장에 서서 떠나는 우주선을 향해 손을 흔
들었다.
　혜림이는 엄마와 함께 거실에 앉아 세문경이 띄운 화면을 통해
우주선이 떠나는 모습을 보았다.
　혜림이는 우주선을 타지 않았다. 혜림이 스스로가 내린 결정이
었다. 스스로를 버리지 말라는 설아의 말에 우주로 떠나고 싶었
던 것은 분노와 슬픔에 스스로를 버리려 한 행동이었다는 것을
깨달았다.
　혜림이는 엄마가 이해되었다. 물론 머리로만 말이다. 가슴으로
는 여전히 이해되지 않았지만 모든 것은 엄마의 선택이었다. 설아
처럼 혜림이도 선택의 여지가 없었다. 다만 분노와 슬픔에 스스
로를 방치하지 않는 것, 그것이 혜림이가 할 수 있는 일이었다.
　사람들은 지구를 방문한 이넥스인의 우주선을 평생 잊지 못할
것이다. 혜림이는 괜찮냐고 진심으로 묻고 걱정스럽게 바라봐 주
고 손을 내밀어 위로해 주던 설아를 평생토록 잊지 못할 것이다.
　어느덧 화면에 우주선이 보이지 않게 되고 파란 하늘만 가득
보였다. 그리고 지구방위 사령관이 등장했다.

사령관은 이번에는 갑작스러운 방문이라 못 했지만 앞으로 또 외계인이 방문하면 미사일 대신 축포를 쏘아 환영하겠다는 계획을 밝혔다. 물론 전문가와 회의가 필요하다는 말을 덧붙였다.

그러고는 진즉 알아낸 것이라며 조선왕조실록의 기록을 이야기했다. 광해군 1년에 강원도에 있었던 일련의 사건들과 김근수의 생몰년을 볼 때 아무래도 이번 지구에 온 우주선이 광해군 때에도 온 것으로 보인다며 실록의 한 부분을 읽어 내려갔다.

"에, 이렇게 기록되어 있습니다. 에, 간성군에서 8월 25일 사시에 푸른 하늘에 쨍쨍하게 태양이 비치었고 구름도 없었는데 우렛소리를 내면서 가는 것이 있어 사람들이 모두 나와 우러러보았다. 형체는 햇무리와 같았고 움직이다가 멈추었고……"

별처럼 반짝이는

내가 탄 우주선이 검고 거대한 정류 센터를 미끄러져 나와 나더스 행성 하늘 위로 빠르게 치솟자 정류 센터 지붕의 반질반질한 표면에 문자가 나타났어.

코눼니오1702
첫 번째 임무를 반드시 수행하시오.

반드시 수행해야 할 나의 첫 번째 임무는 '귀환'이야. 99나안누스[1]가 되기 전까지 반드시 나더스 행성으로 되돌아오는 것이 나의 첫 번째 임무이자 모든 나더스체[2]들의 첫 번째 임무야. 내가 탄 우주선이 나더스 행성의 대기권을 완전히 벗어나 안전한 항해가 시작되었다는 신호를 보내면 지붕 표면의 문자는 사라질 거야. 그러면 정류 센터는 다음 우주선이 돌아오기를 기다리며 고요에 빠지겠지.

나는 우주선의 스크린을 통해 마지막으로 나더스 행성의 보라색 땅을 보았어. 정류 센터, 복제 센터, 헬퍼 센터 그리고 관제 센터가 있는 검고 기다란 건물들이 마치 줄을 맞춰 선 것처럼 보였어.

내 우주선 뒤로 오쿠르1702가 탄 우주선이 마치 배웅을 하는 것처럼 따라오고 있어. 은빛으로 반짝거리는 내 우주선과는 달리 그 우주선은 오랜 항해에 처음의 반짝임을 잃고 낡아 있었어. 그 모양이 지쳐 보였어.

오쿠르1702는 내가 탄 우주선이 정류 센터를 출발하자 뒤이어 출발했어. 오쿠르1702는 지금 두 번째 임무를 수행하는 중이야.

나더스 행성의 나더스체들에게는 두 가지 임무가 있어. 첫 번째 임무는 '귀환'이고, 두 번째 임무는 '무사한 작별'이야. 후손을 남기고 그 후손이 무사히 우주로 떠나는 것을 지켜보고 배웅하는 것이 두 번째 임무, 무사한 작별이지.

안정적인 항해 상태가 되자 내가 탄 우주선의 초양자 인공지능인 헤더가 나더스 행성의 메인 헤더에게 신호를 보냈어. 내가 안

---

1) 나안누스: 나더스 행성의 년(年)이며 나이. 1나안누스는 지구 시간으로 10년 3개월 5일이다.
2) 나더스체: 나더스 행성에 거주하는 종족.

정적인 항해를 시작했으니 이제 오쿠르1702의 두 번째 임무도 성공이야.

행성의 메인 헤더는 오쿠르1702의 두 번째 임무 성공을 기록하고 저장해 행성의 역사로 남길 거야. 나와 오쿠르1702가 떠난 나더스 행성에는 헬퍼들만 남아 있어. 헬퍼는 메인 헤더의 지시로 작업을 수행하는 로봇이야. 헬퍼들은 행성을 지키고 귀환할 다음 나더스체를 기다리며 우주선을 만들고 항해 준비를 해.

여기까지 오는 동안 더 가깝게도 오지 않고, 더 멀리도 가지 않고 일정한 간격을 유지하며 오던 오쿠르1702의 우주선이 갑자기 멈췄어. 내가 탄 우주선은 여전한 속도로 날아갔기에 두 우주선의 거리는 점점 멀어졌어.

강한 빛이 느껴졌어. 나는 스크린을 보았어. 오쿠르1702가 탄 우주선이 폭발했어.

– 폭발했어! 사고가 났어!

깜짝 놀라 흥분한 나와 달리 헤더는 침착했어.

–소멸이다.

– 소멸?

내 촉수와 다리가 미세하게 떨렸어.

–별로 되돌아가는 과정이다. 두려워할 필요는 없다.

헤더는 죽은 별의 성분인 탄소, 수소, 질소, 철과 같은 무수한 원소들이 결합해 우주의 생명체가 탄생하고, 소멸한 생명체가 다시 무수한 원소로 되돌아가 별이 되는 과정을 내 뇌 속에 순서대로 보여 주었어.

헤더 덕분에 내 떨림은 가라앉았어.

—두 번째 임무가 끝나면 소멸해야 하는 거야? 저렇게 폭발해서?

—선택은 자유다.

두 번째 임무까지 마치면 얼마 남지 않은 나머지 삶을 어떻게 살 것인지를 선택하는 것은 자유래. 자연 소멸을 하든, 헬퍼의 도움을 받아 소멸하든, 아니면 저렇게 폭발로 소멸하든.

행성에서 나더스체들이 모여 살았을 때는 100%의 나더스체들이 시간에 저절로 소멸했대. 지금은 79.21%의 나더스체들이 오쿠르1702처럼 우주선과 함께 폭발하는 소멸을 선택한대.

선명한 주황색 행성이 머릿속에 떠올랐어. '여기가 어디지?' 하는 의문이 떠오른 순간 헤더가 알려 주었어.

—나더스 행성이다.

저 주황색 땅이 나더스 행성이라니 나는 깜짝 놀랐어. 내가 본 나더스 행성은 보라색 땅이었거든.

—나더스체가 왜 나더스 행성을 떠나야 했는지 원년의 일을 설명하겠다.

헤더는 나더스의 역사를 순서대로 내 뇌 속에 보여 주었어.

과거 나더스체들은 번성했어. 다른 행성을 침략하지 않았고 다른 행성도 나더스 행성을 침략하지 않았어. 전쟁과 오염으로 고통받는 다른 행성들과는 달랐지. 나더스체들은 안전하고 온전하게 생을 누리고 별로 되돌아갔어. 한마디로 나더스는 우주의 가호를 받은 행성이었어.

나더스체들은 그들을 대신해 일을 할 헬퍼 로봇을 만들었고 초양자 인공지능인 메인 헤더를 개발했어. 메인 헤더와 헬퍼가 나더스체들이 하던 일을 대신했고 나더스체들은 우주여행을 즐겼어. 나더스 행성이 속한 은하군을 넘어 이웃 은하군도 종종 여행하곤 했지.

그런데 2025나안누스에 이상한 일이 벌어졌어. 땅의 색이 변하기 시작한 거야. 주황색의 땅이 보라색으로 변하더니 점점 검게 변했어. 행성의 땅이 모두 까맣게 변하자 나더스체들이 죽기 시작했어. 도대체 무슨 일인지, 어떤 병에 걸린 건지 제대로 알아내기도 전에 속수무책으로 말이야.

처음 땅의 색이 변한 곳부터 조사를 시작했어. 지금은 폐쇄된 우주 정거장의 땅이 제일 먼저 변했대. 물론 나더스체들은 가지 못하고 메인 헤더가 헬퍼들에게 지시를 내렸지. 조사 결과, 우주여행을 마치고 돌아온 한 우주선에서 알 수 없는 우주 물질이 묻어왔다는 것을 알아냈어.

―수없이 우주여행을 했는데 갑자기 왜 문제가 생겼을까?

헤더가 보여 주는 광경을 보고 있던 나는 의문이 떠올랐어.

―그 우주선은 귀환길에 우주 광풍의 소용돌이를 지나왔다. 광풍 속

에 탄이 있었을 것으로 추측된다.

　－탄? 그게 뭐야?

　－나더스체들은 나더스 행성에 묻어온 우주 물질을 '탄'이라고 불렀다.

　탄은 우주에서는 크게 위험하지 않은 물질일 수도 있어. 어쩌면 다른 행성에서 탄은 기껏해야 촉수 하나를 잠시 꿈틀거리게 할 정도일지도 모르지. 그러나 나더스 행성에서 탄은 땅을 변화시키고 나더스체들에게 치명적인 병을 일으켰어.

　변이도 생겨났어. 나더스체들이 모이면 모일수록 더 많은 변이가 생겼어. 둘이 만나면 한 개의 변이가, 셋이 만나면 네 개의 변이가, 넷이 만나면 열한 개의 변이가 생겼지. 치료법을 찾는 속도보다 변이의 속도가 더 빨랐어.

　한 번도 겪어 보지 못한 일에 나더스체들은 어쩔 줄 몰랐어. 가장 최선의 방법은 서로 만나지 않는 것이라는 생각을 했고 자신의 공간에서 나오지 않았지. 시간이 지나며 나더스체들은 견딜 수 없어졌어.

　－이럴 바에는 차라리 우주로 떠나자. 여행을 떠나자.

　홀로 고립되어 있느니 우주로 긴 여행을 떠나는 것이 낫겠다고 생각했대. 나더스체들은 행성을 메인 헤더에게 맡기고 떠나기로 결정했어. 이미 메인 헤더는 완벽하게 행성의 모든 일을 맡아 하고 있었고 헬퍼들은 메인 헤더의 지시로 모든 작업을 하고 있었으니 크게 문제될 것은 없었어. 헬퍼들은 서둘러 우주선을 만들었어.

모든 출발 준비를 마치고 떠난 그해를 '우주여행 원년'이라고 불렀어. 우주선을 타고 제일 처음 떠난 나더스체에게 '원년1'이라는 명칭이 부여되었어. 헬퍼들은 쉴 새 없이 우주선을 만들었고 우주선이 만들어지는 대로 나더스체들은 행성을 떠났어.

원년2, 원년3……, 원년1701, 원년1702…….

나더스체들은 나이가 99나안누스가 되기 전에 행성에 되돌아와 후손을 남기기로 약속했어.

98나안누스일 때 떠난 원년13이 제일 먼저 나더스 행성으로 돌아왔어. 그리고 자기 복제를 하여 다음 세대인 페토13을 남겼어.

후대를 남기는 여러 방법이 있지만, 나더스체들은 행성이 완전히 정화되어 더는 여행을 떠나지 않아도 되는 날이 올 때까지 자기 복제를 하기로 결정했대. 아마도 제대로 살지 못한 삶에 미련이 남아서 그랬는지도 몰라. 비록 자신은 아니지만 자기와 똑같은 복제 후대가 자신이 제대로 누리지 못한 삶을 잘 살아 주길 바라면서 말이야.

원년1702도 페토1702를 남겼어. 페토1702는 다음 세대인 오쿠르1702를, 오쿠르1702는 나, 코눼니오1702를 남겼어. 그러니까 나, 코눼니오1702는 원년이자 페토, 오쿠르인 셈이지.

메인 헤더는 나더스체가 돌아올 때 혹시라도 서로 만나지 않게 매우 조심스럽게 일정을 조정했어. 그리고 선대와 복제 후손이 만나는 것도 금지했어.

－자기 복제를 했는데도 만나면 안 되는 거야? 복제도 변이를 일으켜?

나는 잔뜩 긴장한 채 헤더의 대답을 기다렸어.

－그것보다는 다른 문제가, 있었다.

헤더는 잠깐 머뭇거렸어. 다른 문제가 뭔지 헤더의 설명을 기다렸지만 헤더는 더 이상 설명하지 않았어.

나는 스크린을 통해 밖을 보았어. 암흑 속에서 별들은 반짝거리며 빛났어.

－나더스 행성의 역사에 대해 학습하겠다.

－헤더, 그냥 모두 전송하면 안 돼?

헤더가 자꾸 내 뇌 속에 끼어드는 것에 짜증이 났어.

사실 헤더가 이렇게 천천히 설명할 필요도 없어. 헤더에게 저장된 지식 정보를 복사해 내 뇌로 바로 옮기면 순식간에 끝날 일이거든.

－코눼니오1702. 천천히 학습하는 것은 너를 위해 설정한 것이다.

헤더는 다시 설명을 시작했어.

－나더스체들은 모두 다 임무에 성공했지?

나는 지루해서 엉뚱한 것을 물었어.

－아니다.

-아니라고?

의아했어. 돌아오기만 하면 되는데 자기 복제로 후손을 남기기만 하면 되는데 그것을 왜 성공하지 못하는지 말이야. 헤더가 알아서 우주를 항해하다가 돌아갈 때가 되면 또 알아서 나더스 행성으로 돌아오게 해 주고, 행성에서는 헬퍼들이 자기 복제를 할 준비를 다 하고 기다리고 있는데 말이야.

-어떤 임무에 실패한 거야? 귀환? 무사한 작별?

-귀환에 실패했다.

-귀환에 실패했다고? 혹시 다른 행성에 정착한 거야?

-아니다.

탄으로 나더스체들이 죽자 나더스체들은 이주할 만한 행성을 찾으려 했대. 이주할 만한 행성을 찾는 것은 쉬운 일이 아니었지만, 설령 행성을 찾아 이주한다고 해도 안전할 거라는 확신은 없었어. 나더스체들이 모여 산다는 건 마찬가지니까 말이야. 메인 헤더는 몇 번의 시뮬레이션 끝에 다른 행성으로의 이주도 안전하지 않다는 결론을 내렸대.

-나더스체는 다른 행성에는 가지 않는다.

-그럼 왜 돌아오지 않았을까?

문득 오쿠르1702가 생각났어. 그리고 연이어 어떤 생각이 떠오르려 했어. 생각이 떠오르는 것을 막기 위해 나는 얼른 스크린을 보았어.

우주는 처음과 끝을 알 수 없는 광활한 어둠처럼 보였어. 갑자기 뭐라고 표현해야 할지 모를 이상한 기분이 들었지. 뭐랄까, 엄청난 중력 상태에 있는 것 같다고나 할까? 온 우주에 나 홀로 남은 것 같다고 할까?

─헤더, 이상해.

─걱정하지 마라. 가야 할 길을 알고 있다.

헤더는 내가 걱정을 하고 있다고 여겼나 봐.

원년 이후 나더스체들에게 우주선은 모든 것이야. 나더스체들은 우주선에서 헤더에게 배우고 에너지를 공급받으며 우주를 여행해.

나는 계속 우주를 항해했어.

우주를 날아갈수록, 나더스 행성에서 멀어질수록 점점 지루했어. 처음에는 스크린을 통해 우주도 보고 헤더와 학습도 하고 행성의 운명을 걱정하기도 했지만, 점차 아무것도 하지 않는 시간이 길어졌어.

그사이 난 15나안누스가 되었어. 그리고 모든 의욕을 잃었어.

─코눼니오1702.

─…….

─코눼니오1702.

─…….

─코눼니오1702! 뭐라도 생각을 해 봐. 뇌를 좀 움직여 봐.

나는 어떤 생각도 나지 않았고 어떤 생각도 하고 싶지 않았어.

－촉수 하나라도 움직여 봐.

헤더는 계속 내 뇌에 끼어들어 떠들었어. 그 성화에 못 이겨 나는 겨우 촉수 하나를 움직였어.

－그래, 잘했다. 코눼니오1702, 학습을 시작하겠다.

처음 학습을 시작할 때 한 번에 전송해 달라는 내 요청을 헤더가 거절한 이유를 이제야 알겠어. 학습을 핑계로 이렇게라도 내 뇌를 깨우지 않으면 나는 아무 생각도 하지 않았을 거야. 내 뇌는 굳다 못해 삶과 죽음의 경계가 모호한 곳에 있는 것만 같았어. 돌아오지 않는 나더스체들이 조금은 이해가 되었어.

오쿠르1702가 떠올랐어. 그때 닿았던 오쿠르1702의 촉수가 느껴졌어. 내 촉수 하나가 그때처럼 꿈틀거리며 치켜 올라갔어.

－촉수가 움직인다!

헤더가 놀랐어.

－촉수가 움직이는 게 이상해?

물론 오랫동안 움직이지는 않았지만, 나더스체가 촉수 하나 움직인 것이 뭐 그리 대수라고 헤더가 놀라는지 이상했어.

－항해를 하는 동안 평균 10나안누스가 되면 아무것도 하지 않는다. 뇌도, 촉수도 말이다. 빠른 경우는 5나안누스부터 그런다. 그런데 코눼니오1702 너는 아직도 촉수를 움직이고 있다.

－이상한 거야?

-어떤 점에서는 이상하다.

-혹시 나 탄에 걸린 거야?

나는 두려움에 휩싸였어.

-아니다. 탄에 걸리면 오히려 촉수가 움직이지 않는다.

나는 안도했어.

-무엇보다도 코눼니오1702, 너는 탄에 노출되지 않았다.

나는 자꾸만 떠오르는 장면을 생각하지 않으려 애를 썼어. 내가 깊이 생각하면 헤더가 알아차리니까 말이야.

-행성의 땅을 밟으면 어떻게 돼?

-탄에 걸린다.

헤더의 말에 내 열두 개의 다리가 꿈틀거렸어. 그중에서도 세 번째, 여섯 번째, 아홉 번째 다리는 딱할 정도로 심하게 꿈틀거리다 서로 꼬여 버렸어.

-정말이야? 탄에 걸리면 모두 죽어?

-코눼니오1702, 왜 이렇게 두려워하나?

-나도 죽을까 봐 두려워.

-걱정 마라. 너는 행성의 땅을 밟지 않았으니 괜찮다.

-혹시, 만약에 정말 만약에 말이야, 우주선에 탔는데 땅을 밟은 것이 밝혀지면 어떻게 돼? 우주에 버려?

헤더에게서 위이잉, 소리가 났어. 항해를 시작한 이후로 가장 큰 소리였어.

-코눼니오1702! 혹시…….

-아니, 아니. 그냥 궁금해서 묻는 거야.

-다른 조치는 취하지 않는다. 다만 나더스 행성에 돌아가도 행성에 내리지는 못한다.

어차피 홀로 우주선을 타고 돌아다니니 탄에 감염되었든 아니든 상관이 없대. 탄으로 죽는다면 헤더는 나더스 행성의 메인 헤더와 통신이 가능한 곳까지 가서 그동안 쌓은 정보와 여행 경로를 전송한 후 폭발한대. 혹 죽지 않고 99나안누스에 되돌아간다 해도 행성에 내릴 수는 없대.

-탄에 걸리면 바로 죽어?

헤더는 대답을 하지 않았어.

-죽지 않으면 걸리지 않은 거지?

-코눼니오1702, 이상하다. 무슨 일인가?

-그냥 궁금해서 그래. 그러니까 죽지 않았으니까 탄에 걸리지 않은 거고, 걸리지 않았으니까 죽지 않은 거고…….

생각은 날뛰다 꼬인 다리처럼 꼬여 버렸어.

-진정해라. 너는 탄에 걸리지 않았다. 탄의 치사율은 95%다.

겨우 안심한 나는 스크린을 보았어. 암흑 속 아주 작고 흐린 별빛 하나가 보였어. 작고 보잘것없는 별이 꼭 나 같았어.

-헤더, 저건 뭐야?

-알려지지 않은 아주 작은 태양계다.

―헤더, 저기로 가 보자. 메인 헤더에게 허가를 받아야 해?

―아니다. 나더스 행성을 떠나올 때 메인 헤더로부터 모든 정보와 권한을 받았다.

헤더는 나더스 행성과 거리도 멀어져 메인 헤더와 연결이 되지 않는다고 알려 줬어.

―저곳은 나더스체들이 한 번도 가지 않은 경로다.

―그래도 가자. 헤더, 우주선의 방향을 틀어.

나는 헤더에게 지시했어. 한 번도 가지 않은 곳이라고 해서 못 갈 것은 없잖아? 헤더는 우주선의 방향을 바꾸는 대신 우뚝 멈췄어.

―왜 그래?

―내가 가진 기록에 의하면 나더스체들이 10나안누스가 넘어 내린 지시는 2차 임무를 마치고 소멸을 위해 우주선을 폭발시키라는 지시밖에 없다.

귀환을 하지 않은 나더스체들은 나더스 행성으로 돌아가지 말라는 지시를 내렸을 거야. 하지만 돌아오지 않았기에 메인 헤더에 기록을 옮기지 못했으니 기록이 남아 있지는 않을 거야.

―너는 특이하다.

칭찬을 한 것인지 비난을 한 것인지 모르겠지만, 하여간 헤더는 우주선의 방향을 틀고 속도를 높였어.

태양계에 가까이 가자 이상한 소리가 잡혔어. 헤더는 그 소리가 무엇인지 알아내느라 바빠졌어. 내 머릿속에 죽 펼쳐 놓고 보여 주거나 설명하는 것을 좋아하는 헤더가 무슨 일이냐는 내 물음에 낯선 소리가 들린다는 간단한 응답만 할 정도로 말이야. 내가 계속 궁금해하자 헤더는 소리를 들려줬어.

쓰으촤아.

쓰으촤아.

잠시 후 헤더는 이 소리가 태양계의 한 행성에서 나는 소리라고 알려 줬어.

소리는 계속 들렸어. 나는 무척이나 흥미를 가지고 그 소리를 들었어. 생각해 봐. 그동안 내 흥미를 끈 것이라고는 태양이 네 개나 있는 사성계 30ARI를 본 것, 폭발을 앞둔 별의 곁을 빠르게 지난 것뿐이야.

ㅡ저 소리는 무슨 소리야?

헤더는 스크린에 행성 하나를 띄웠어. 물이 조금 있는 푸르고 매우 작은 행성이었어.

ㅡ저곳에서 나는 소리다.

이번 일은 다른 일에 비해 꽤나 시간이 걸렸어. 기다리는 동안 지루해서 나는 열두 개의 다리로 우주선의 바닥을 두드렸어. 헤더는 나에게 제발 차분하게 기다리라고 했어.

행성을 비추던 스크린이 치직거리며 잘게 출렁였어. 그러더니 갑자기 암흑이 되었다가 번쩍 켜지며 이상한 것이 나타났어. 나는 놀라 뒤로 주춤 물러났다가 다시 스크린에 가까이 다가갔어.

―이게 뭐야?

헤더는 스크린에 보인 것들은 이 행성에 사는 생명체이고 내가 궁금해하는 소리가 그곳의 언어라는 것을 알아냈어. 그리고 그 언어를 나더스 행성어로 변환까지 완료했어.

"왜 이러냐? 갑자기 지직거리네."

"아까부터 이상해."

"우리 내일은 생물 과제 같이하자."

"알았어. 내일 만나자."

"안녕."

스크린이 검게 변했어.

―헤더, 저게 뭐야?

내 촉수 두 개가 스크린을 마구 두드렸어.

헤더는 바빠졌어. 잠시 후 헤더가 스크린에 행성의 한 곳을 확대해 보여 주었어. 그 소리가 나는 곳이라고 했어. 헤더는 작은 행성을 여기에서는 '지구'라고 부르고 소리가 나는 곳은 '대한민국'이라는 나라라고 했어. 헤더는 그 지구인들이 지구 나이로 대략 열다섯 살쯤이라는 것도 알아내 알려 주었고 '아이들'이라는 말도 알려 주었어.

―다시 보여 줘.

―그것은 종료되었다. 지구 시간으로 내일 다시 만난다고 했다.

-다른 건 없어? 헤더, 좀 더 찾아봐.

스크린에 생명체들이 나타났어. 촉수가 미친 듯이 움찔거리는 것을 억누르며 나는 스크린을 들여다보았어.

한 생명체가 또 다른 생명체를 품에 안고 있었어.

-뭐지? 자기 복제한 건가?

자기 복제라고 하기에는 두 생명체의 생김새가 너무나 달랐어.

-이곳의 생명체는 여러 종류가 있다.

헤더는 한 생명체는 인간이고 다른 생명체는 강아지라고 했어. 한 생명체가 다른 생명체를 품에 안은 그 장면이 뇌 속에 옮겨진 것처럼 선명하게 남았어.

나는 그들의 말이 행성어로 번역되는 것을 들었어.

-지구인들은 저렇게 소통하나 봐?

나는 지구인들의 소통 방식이 신기했어.

-나더스체들끼리는 촉수로 소통을 하는데…….

나더스체들은 서로가 촉수를 맞대면 생각과 감정, 느낌까지도 알 수가 있어. 헤더는 다른 방식으로 소통을 해. 헤더의 생각과 정보는 내 뇌에 곧바로 들어오고 내가 생각을 하면 헤더가 알아차리지.

-코눼니오1702! 나더스체들끼리 촉수로 소통하는 걸 어떻게 알지?

헤더가 날카로운 광선처럼 내 뇌에 파고들었어. 그 바람에 나는 찔린 것처럼 찔끔했지.

-헤, 헤더가 알려 줬잖아.

-4나안누스에 학습했다. 코뉔니오1702는 3%의 집중도로 학습했다. 기억할 수 없다. 어떻게 기억하고 있지?

-나, 나는 특이하다며? 네가 특이하다고 했잖아. 특이하니까 기억하지. 지구에 대해서나 알려 줘. 빨리!

내가 재촉했어. 헤더는 더 이상 캐묻지 않았어.

-안타깝지만 지구도 탄에 감염되었다.

지구는 나더스 행성처럼 탄, 아니 지구 말로 바이러스로 위험에 처해 있었어. 똑같다고는 할 수 없지만 나더스 행성과 많이 비슷했어.

-지구인들도 우주로 떠날 준비는 한 거야?

-아니다.

모든 지구인을 우주로 보낼 만큼 지구의 과학 기술이 발달하지는 않았대. 나는 이 작은 행성에서 생명이 멸종하는 것은 아닌지 걱정되었어.

-헤더, 지구인들이 궁금해. 우주로 떠나지 않고 어떻게 지내는지 궁금해.

헤더는 바이러스에 오염된 지구인들이 어떻게 지내는지 보여 주었어. 많은 지구인들이 죽었어. 죽은 지구인들의 몸이 거리에 차곡차곡 쌓이기도 했어. 서로 만나면 전염되고 변이가 생기는 것도, 그렇기에 만나는 것을 두려워하는 것도 나더스체들과 거의 흡사했어.

—그만 떠나자.

—헤더, 기록을 해. 여기서 얻은 정보를 기록해.

나는 지구를 떠나기 싫었어. 그래서 기록을 핑계 댔어. 헤더는 이번 항해에서 얻은 모든 것들을 하나도 빠짐없이 기록해 나더스 행성으로 돌아가면 메인 헤더에 옮겨야 한다고 했어. 그렇게 쌓인 정보는 내 다음 세대인 피루들의 우주선에 있는 헤더들에게 전해질 거래.

—기록은 다 했다.

—헤더, 그 지구인들을 다시 보자. 지구인들은 다시 만나자는 약속을 했어. 정말 놀라워. 탄이, 아니 바이러스가 퍼지고 있잖아. 그런데 다시 만나자고 약속을 했다고!

지구가 나더스 행성과 비슷한 처지라는 것을 알게 되니 많은 것이 궁금했어. 만나자는 약속을 한 그 지구 아이들이 궁금했어.

—그들이 만날 때 나도 연결망에 들어가게 해 줘.

헤더는 거절했어. 지구의 과학 문명으로는 갑자기 나타난 나더스체를 보면 큰 충격을 받을 거라고 했어. 그래서 나는 몰래 보겠다고 했지. 그러자 헤더는 그런 행동은 지구에서는 범죄라고 했어.

—처음에는 했잖아.

—그건 모르고 한 거다.

나는 최후의 방법을 썼어. 연결망을 들어가게 해 줄 때까지 나더스 행성으로 돌아가지 않겠다며 헤더를 협박했어. 그래도 헤더는 꼼짝하지 않았어. 나는 방법을 바꿨어.

　―헤더, 지구인들을 관찰하면 나더스 행성의 문제를 해결할 수도 있을지 몰라.

　헤더는 한참을 망설였어. 나는 계속 헤더를 설득하며 그 아이들이 다시 만날 시간이 오기를 기다렸어. 결국 헤더는 지구인들의 연결망과 연결했어.

　화면 속에는 어제 보았던 아이들이 모여 있었어. 그 아이들이 입을 벌리며 이상한 소리를 냈어. 각각 높낮이는 달랐지만 마치 숨이 가쁜 것처럼 입을 벌렸어.

　―헤더, 아이들이 왜 저러는 거야?

　―웃는 거다.

　헤더는 웃음이라는 것에 대해 설명했어. 지구인들은 즐겁거나 재미있거나 행복할 때 웃는대. 웃다니, 이런 시기에 웃을 수 있다니, 나는 충격을 받았어.

　"이제 생물 과제 하자."

　한 아이가 말했어. 아이들의 모습이 사라지고 다른 화면이 보였어. 화면 속에는 푸른 바다에 사는 생물이 나왔어. 헤더가 '고등어'라고 알려 줬어. 고등어는 알을 낳고는 알은 돌보지 않고 그냥 제 갈 길을 가 버렸어. 그러자 거의 대부분의 알들이 다른 생물들의 먹이가 되었지. 한 아이가 화가 잔뜩 나서 소리쳤어.

“우쒸, 어쩌라고, 저렇게 놔두면 어쩌라고? 알을 보살펴야지!”

-헤더, 저기에 콘타너스체가 있어!

회백색 몸에 촉수를 가진 콘타너스체가 스크린에 나타났어. 콘타너스는 나더스 행성 옆에 있는 행성이야.

-비슷하게 생겼지만 아니다. 지구 바닷속에 살고 있는 생물로 이곳의 말로 ‘문어’라 부른다.

문어는 바위 사이에 알을 낳았어. 문어는 주렁주렁 매달린 알을 지키고 돌보느라 먹이도 먹지 않았어. 포식자로부터 알을 지키고 다리를 바쁘게 움직여 퇴적물이 쌓이는 것을 막고 산소를 공급했어.

“엄마 문어는 어디 갔어?”

한 아이가 묻자 다른 아이가 대답했어.

“뭔 소리야, 저 문어가 엄마잖아.”

“아, 그러냐? 저게 엄마였어? 그럼 아빠 문어는 어디 갔어? 함께 돌봐야지.”

피부가 팽팽하고 자줏빛 무늬가 있던 문어는 알을 낳고 지키는 동안 점점 하얗게 변해 갔어. 눈빛도 흐려졌지.

-소멸하려는 건가 봐.

-그렇다. 여기서는 ‘죽음’이라고 한다.

나는 오쿠르1702가 소멸하는 것을 보았을 뿐, 다른 생명체의 소멸을 본 적이 없었어. 그렇지만 변해 가는 문어를 보면서 끝이

가까웠음을 알 수 있었어. 생각하지 않으려 애를 써도 자꾸만 오쿠르1702가 떠올랐어.

사실 나는 오쿠르1702를 만난 적이 있어. 그리고 그 사실을 헤더에게 들키지 않기 위해 내내 애쓰고 있었어.

내가 오쿠르1702를 만난 건 나더스 행성을 떠나기 전날이었어.

복제되어 태어난 이후로 나는 내내 복제 센터 안에서 후대를 양육하는 육아 헬퍼와 지냈어. 육아 헬퍼는 나에게 지식을 전달하도록 프로그래밍되어 있지 않았어. 오로지 나를 건강하고 안전하게 보호하는 것만이 육아 헬퍼의 목적이었어.

나는 나더스 행성이 탄으로 인해 위험한 것도 몰랐어. 오직 행성을 떠나야 한다는 것만 알고 있었어. 왜 떠나는 것인지 물었을 때 육아 헬퍼는 모두가 떠난다고만 했어. 더 물어보려 했지만 육아 헬퍼는 우주선에 타면 모든 것을 알게 된다고 했지. 내가 무언가를 물어볼 때마다 육아 헬퍼는 늘 그렇게 답했어.

복제 센터에서 태어난 나는 단 한 번도 바깥으로 나온 적도 바깥세상을 본 적도 없어. 복제 센터는 내게 온 우주였지만 나는 그 우주 너머가 궁금했어.

행성을 떠나기 전날에야 나는 복제 센터를 나올 수 있었어. 육아 헬퍼들은 탄에 오염되지 않도록 다른 나더스체들에게 그랬던 것처럼 나를 멸균 코쿤에 넣어 정류 센터까지 데려왔어. 멸균 코쿤 안에서 밖을 보려 했지만 모든 것이 차단되어 아무것도 볼 수 없었지.

정류 센터의 후대 대기실에 와서야 나는 멸균 코쿤에서 나올수 있었어. 멸균 코쿤에서 나오자마자 여섯 개의 촉수를 휘두르며 새로운 것들을 찾으려 살펴보았지만 별다른 것은 없었어.

정류 센터는 나와 오쿠르1702가 타고 갈 두 대의 우주선 발사 준비로 바빴어. 수많은 헬퍼들로 붐볐고 헬퍼들은 모두 각자의 임무로 분주했어. 그래도 육아 헬퍼는 내 곁에서 떠나지 않았지. 내 촉수는 가만히 있지 못하고 사방으로 움직였어.

꾸룩꾹 꾸룩꾹.

긴급 상황 알림이 울렸어. 한 번도 듣지 못했던 소리라서 나는 놀랐어. 육아 헬퍼는 별일 아니라고 나를 안심시켰어. 그러더니 무엇을 찾으러 가야 하니 대기실에서 절대 나오지 말라고 당부했지. 나는 그러겠다고 약속했어.

육아 헬퍼는 급히 나갔어. 나는 조금 망설이다 대기실을 나왔어. 바깥이 궁금해서 참을 수가 없었거든.

우르르 몰려가는 헬퍼 한 무리가 보였어. 나는 육아 헬퍼나 다른 헬퍼들에게 들키지 않게 조심하며 헬퍼들이 가는 곳과 다른 방향으로 갔어. 그렇게 가다 보니 정류 센터의 외진 곳까지 가게 되었어.

그때 문이 나왔어. 다리 하나를 대니 문이 위로 스르르 열렸어. 동시에 바깥의 대기가 들어오는 것을 막기 위해 강력한 에어

커튼이 위에서 아래로 내려왔어. 탄 제거 약제도 분사되었지.

나는 한 번도 보지 못했던 바깥세상을 드디어 보았어. 내내 검은 바닥만 보았던 내게 보라색 땅은 너무나 신비로웠어. 나는 그 신비한 땅에 다리를 디뎌도 되는지 망설였어. 그러다 나는 보았어. 그 땅을 세 개의 다리로 딛고 서 있는 나더스체를. 그 나더스체는 나와 생김새가 똑같았어. 나는 그 나더스체가 오쿠르1702라는 것을 알았어. 아주 이상한 생각이 들었어. 그건……, 그래, 그때는 그것이 어떤 마음인지 몰랐지만 이제 생각해 보니 반가움이야.

나는 오쿠르1702처럼 세 개의 다리를 땅에 대고 바깥으로 나갔어. 오쿠르1702가 다리 하나를 더 천천히 내려 땅에 대려는 중이었어. 그 모양은 마치 모든 것을 다해 나더스 행성을 느끼려 하는 것처럼 보였어. 오쿠르1702는 다리 감각에 얼마나 집중하고 있었는지 내가 바로 옆까지 다가가는 동안에도 전혀 알아채지 못했어.

나도 오쿠르1702를 따라 다리 하나를 더 내리다가 그만 실수로 오쿠르1702의 다리를 쳤어. 오쿠르1702가 나를 보고는 깜짝 놀라 굳었어. 그러다 땅을 딛지 않은 나머지 다리들로 황급히 나를 들어 올렸어. 오쿠르1702의 촉수가 부르르 떨렸어. 오쿠르1702는 머뭇거리다 촉수 하나를 들어 내 촉수에 댔어. 두 촉수는 서로 연결되었어. 태어나서 처음 느끼는 자극이 내 촉수를 통해 흘러들었어.

– 위험하다.

나는 놀라 몸을 떨었어.

– 아니, 아니야. 화를 내는 것이 아니다. 알려 주는 것이다.

– 내 후대……. 기분이 참으로 이상하구나.

오쿠르1702가 내게 생각을 전했어.

–그래도 만나니 좋구나.

–아주 오랜 시간 되돌아올까 말까 고민했다. 돌아오면서도 왜 돌아와야 하는지 그 의미를 찾을 수 없었는데 내가 너를 만나러 되돌아왔나 보다.

–너도 외로움을 견뎌야 하는데. 그것을 어떻게 견디지? 어떻게 피하지? 어쩌지?

오쿠르1702의 감정이 내게도 전해졌어. 오쿠르1702의 촉수에서 끈적거리는 액체가 조금 흘러나왔어. 나는 그게 뭔지 몰랐어.

나는 아무것도 몰랐지만 이렇게 말했어.

–괜찮아. 난 잘 피해. 지금도 봐. 헬퍼들을 피해 이렇게 나와 있잖아.

다시 짜릿한 자극이 내 촉수를 통해 흘러들었어.

–용감하구나, 사실 나도 몰래 나왔어.

나는 오쿠르1702를 따라했어.

–용감하구나.

오쿠르1702는 여섯 개의 촉수 모두를 내 여섯 개의 촉수에 맞댔어. 그건 뭐랄까, 에너지가 충분히 차고도 넘치는 것 같았어.

−너는 나지만 내가 아니야. 그러니까 너는 나보다 잘할 거다.

그때 헬퍼들이 오는 기척이 들렸어. 오쿠르1702는 순식간에 나를 정류 센터 문 안쪽으로 밀어넣었어.

−너의 항해에 모든 우주의 기원이 깃들기를, 네 우주는 외롭지 않기를, 행복하기를 기원하마.

오쿠르1702는 마지막까지 내 촉수에 붙어 있던 촉수를 거두고 반대편 문으로 들어갔어. 촉수에서 흘러나온 끈끈한 액체가 보라색 땅을 적시며 흔적을 남겼어. 방금 전까지 우리가 있던 곳에 온 헬퍼들이 그 흔적을 따라갔어. 그사이 나는 대기실로 올 수 있었어.

잠시 후 육아 헬퍼가 나타났지만 나는 오쿠르1702를 만난 것을 말하지 않았어. 금지된 일을 한 죄책감이나 추궁이 두려워서가 아니야. 그때의 감정은 누구에게도 말하지 않고 오롯이 나만 가지고 싶었기 때문이야. 나와 연결되었던 여섯 개의 촉수! 그리고 촉수에서 흘러나왔던 액체! 그 기억은 광석처럼 굳어 내게 남아 있어.

"우쒸, 왜 이렇게 슬픈 거야?"

울먹이는 소리에 난 생각에서 깨어났어. 생각에 깊이 빠지다니, 헤더가 내 생각을 읽었을까 걱정스러웠어.

-헤더?

헤더는 대답이 없었어. 나는 잔뜩 긴장해서 다시 불렀어.

-헤더?

-미안하다. 연결이 좋지 않아서 원인을 찾아보느라 대답할 틈이 없었다. 왜 불렀나?

-아냐, 그냥 불러 봤어.

나는 별일 아니라는 듯 둘러대고는 스크린을 보았어. 스크린에 아이들이 보였어.

-헤더, 별로 돌아가는데 지구 아이들은 왜 슬퍼하지?

-소멸이 별로 돌아가는 것이라는 걸 모르는 것 같다.

슬퍼하는 아이들을 보며 나는 헤더가 나에게 잘못 알려 준 건 아닌지 걱정됐어. 만약 헤더가 소멸에 대해 잘못 알려 준 것이라면, 소멸이 저렇게 슬퍼해야 하는 일이라면 오쿠르1702가 소멸할 때 슬퍼하지 않은 것이 몹시 미안했어.

다시 스크린이 바뀌고 우윳빛 막 안에 아기 문어가 선명하게 보였어. 아기 문어가 알을 뚫고 나왔어. 엄마 문어의 몸은 완전히 축 늘어져 물의 흔들림에 따라 이리저리 흔들리며 떠내려갔어. 아이들이 훌쩍훌쩍 소리를 냈어.

아기 문어는 넓고 먼 바다로 꼬물꼬물 헤엄쳐 갔어. 검푸른 바다는 마치 우주처럼 보였고 아기 문어는 광활한 우주를 홀로 떠다니는 우주선처럼 보였어.

"힘내. 잡아먹히지 말고 꼭 살아남아야 해."

"어떡해. 엄마, 아빠도 없이 혼자……."

"헤어지지 마. 너희 서로 손을, 아니지, 다리를 잡아. 꼭 잡고 놓지 마!"

"잊지 마, 너희는 다 형제자매야! 혼자가 아니라고!"

"얘들아, 위험할수록 함께 힘을 합쳐. 우리처럼."

"서로가 서로를 돌봐야 해."

아이들은 저마다 말을 했어.

ㅡ우리? 우리가 뭐야?

ㅡ나와 너, 말을 하는 사람과 듣는 사람 포함해서 모두를 가리키는 말이다.

헤더의 설명에도 나는 그 뜻을 이해하기 힘들었어. 내가 그런 것처럼 나더스체들은 왜 우주로 떠나는지를, 그 이유를 잊어버린 채 그저 떠나고 그저 사는 것 같아. 안전하지만 무기력하고 지루한 삶을 사는 거지.

ㅡ헤더, 나더스체들은 왜 떠돌아다니기만 할까? 나더스체들은 언제 만나지?

ㅡ나더스 행성이 완전해질 때다. 다시 말해 탄이 0%일 때다.

ㅡ그건 누가 정한 거야? 메인 헤더야?

ㅡ나더스체들이 원했다. 그래서 메인 헤더의 목표가 되었다.

99%는 100%가 아니니까 완전하지는 않은 걸까. 완전하지는

않지만 나더스체들이 살 수 있지 않을까?

　-완전하지 않아도 만나야 해. 지구인들을 봐 봐.

　-그런 생각을 하다니. 나더스체 누구도 그렇게 과감한 생각을 하지 않았다. 코눼니오1702, 너는 특이하다.

　위이잉 소리가 났어. 내가 특이한 이유를 찾는 모양인가 봐.

　-헤더, 선대와 만나지 못하게 하는 이유를 알려 줘. 변이를 염려해서야?

　예전에 물었으나 듣지 못했던 것을 나는 다시 물었어.

　-아니다. 자기 복제를 한 선대와 후대에게서는 탄의 변이가 일어나지 않았다. 원년에는 선대와 복제 후대가 만났다.

　-그런데 왜?

　-사고가 발생했다.

　그 사고는 원년4와 페토4가 함께 소멸하는 사고였대. 원년4가 페토4와 우주선을 타고 나가 폭발로 소멸했대. 원년4는 스스로의 의지로 소멸을 택했지만 복제된 지 얼마 되지 않은 페토4는 무슨 일이 벌어지는지 아무것도 모르고 따라간 것뿐이었대.

　-사고 한 번으로 모두 만나지 못하게 하다니 너무 심해.

　-한 번이 아니었다. 그 뒤로도 비슷한 사건이 몇 건 더 발생했다.

　나더스체들을 지키는 것이 최대의 목적인 메인 헤더는 자기 복제한 선대와 후대가 만나는 것이 결코 좋은 결과가 나오지는 않는다는 결론을 내렸대.

스크린 속 아이들은 내일 또 만나자는 약속을 하고는 손을 흔들었어. 손을 흔드는 것은 헤어질 때 하는 인사래. 나는 다리 하나를 들어 스크린 위에서 흔들었어. 그러는 사이 스크린이 까맣게 변했어.

─헤더, 지구는 나더스 행성보다 과학이 발달하지 않았다고 했지?

저번에 헤더가 알려준 것을 나는 또 물었어.

─그렇다.

지구의 아이들을 보니 과학 기술의 발달은 그다지 중요한 일이 아닐 수도 있다는 생각이 들었어.

─헤더, 탄 바이러스는 언제 완전히 사라질까?

─헬퍼들이 정화 작업을 하고 있다. 그러나 쉽지 않은 일이다. 나더스 행성을 떠나올 때 88.326%가 정화되었다.

나는 나더스 행성의 보라색 땅을 생각했어. 주황색 땅이 탄에 오염되어 점점 검게 변했다고 했어. 하지만 이제 보라색 땅이 되었잖아.

─헤더, 88.326%면 괜찮을 거 같은데?

─모르겠다. 아무도 묻지 않는 생각이다. 나더스체가 직접 땅에 다리를 대고 탄에 감염되는지 실험을 해 보는 것이 가장 정확하겠지. 그러나 어떤 나더스체가 그렇게 위험한 실험을 하겠는가?

나는 잠시 망설였어.

−내가 해 볼게. 다리 하나 살짝 대 보면 알겠지.

−코눼니오1702, 너는 정말 특이하다.

지구의 밤이 지나도록 헤더는 88.326%의 정화 상태에서 나더스체들이 안전할 수 있을지를 시뮬레이션하며 시간을 보냈어. 나는 모처럼 내 뇌 속을 간섭하지 않는 헤더 덕분에 마음놓고 오쿠르1702를 생각했어. 지구의 하루가 또 지났어.

−헤더, 어서 접속해 줘.

나는 아이들이 만나기로 약속한 시간이 되자마자 헤더를 재촉했어. 아이들과 함께하는 시간이 좋았어. 스크린에 아이들의 모습이 보였어. 그런데 아이들은 금방 스크린에서 사라지고 검은 스크린에 내 모습이 나왔어.

늘 빠르게 접속했던 다른 때와 달리 이번에는 잘 되지 않았어. 몇 번이나 스크린에 아이들의 모습이 보였다가 내 모습이 보이기를 반복했어.

−뭔가 이상이 있다.

잠시 후 겨우 아이들의 모습이 온전하게 나왔어. 아이들은 이야기를 하고 있었어.

"얘들아, 우리 이제 만나도 괜찮지 않을까?"

"안 돼. 바이러스가 완전히 없어져야지."

"너희는 그깟 바이러스가 무섭냐?"

"너는 무섭지 않아?"

"생각해 봐. 지구랑 혜성이 부딪힐 수도 있어. 핵이 폭발할 수도 있어. 전쟁을 해서 사람들이 죽기도 해. 그런 것보다는 바이러스가 차라리 덜 무섭지 않니?"

아이들은 고개를 끄덕였어. 갑자기 한 아이가 크게 말했어.

"아, '혜성' 하니까 생각났어. 얘들아, 이거 봐 봐. 혜성이랑 지구랑 충돌하는 것을 시뮬레이션한 거래."

아이들을 비추던 스크린에 지구의 푸른 하늘이 보였어. 그 아래로 빠르게 내려가자 구름이 나오고 그 아래로 평화로운 지구인들의 모습이 보였어. 혜성은 점점 지구 가까이 다가왔어. 지구에 가까워질수록 혜성은 점점 커졌고 그 모습은 위협적이었어. 떠들던 아이들이 순식간에 조용해졌어. 마침내 혜성이 화면을 가득 채우더니 쾅 소리와 함께 모든 것이 산산이 부서졌어. 아이들이 작게 비명을 질렀어.

"진짜 무섭다. 소름 돋았어."

"야, 넌 왜 이렇게 무서운 걸 보냐?"

여기저기서 아이들이 투덜거렸어.

"미안 미안. 다른 거 보여 줄게. 이건 무섭지 않아."

스크린이 검게 변하더니 검푸른 하늘이 보였어. 검푸른 하늘에 유성우가 떨어져 내렸어. 우주를 떠도는 동안 내가 무감각하게 본 것들이었어. 아이들은 연신 감탄을 했어.

"멋지지?"

한 아이가 물었어.

"응."

"신비롭다."

정말 이상해. 무감하게 보았던 광경이 아이들과 함께 보니 신비롭고 멋있었어.

ㅡ멋있구나.

나도 아이들처럼 소리를 내어 '말'이라는 것을 해 보았어.

ㅡ헤더의 기록에 더 멋진 장면이 있는데. 보여 주고 싶은데…….

나는 계속 소리를 내어 말했어.

"얘들아, 어디에선가 이상한 소리가 나지 않니?"

"맞아, 아까부터 이상한 소리가 들렸어."

"여기 접속자 수 좀 봐. 우리 말고 한 명이 더 있어."

"너 누구냐? 나와라!"

나는 깜짝 놀라 얼음 행성처럼 얼어붙었어.

"비겁하게 숨지 말고 얼굴을 드러내!"

"어떻게 들어온 거야? 혹시 해킹한 거야?"

아이들의 말이 내 뇌를 사정없이 두드렸어. 나는 정신을 차릴 수가 없었어.

"으악! 뭐야, 뭐야? 저거 뭐야?"

한 아이가 소리를 질렀어.

"우쒸, 너 왜 저런 필터를 쓴 거냐?"

그 아이가 얼굴을 가까이 대고 고개를 갸웃거렸어.

"무슨 필터를 쓴 거야? 저기 휘젓는 게 설마 촉수야? 와, 진짜 같다."

나는 화면을 보았어. 우주선 안에서 아이들을 보고 있는 내 모습이 고스란히 드러났어.

"얘, 잘못 찾은 거니?"

"그냥 내보내."

아이들은 제각각 떠들었어. 나는 내내 한마디 말도 하지 못했어. 헤더는 연결을 끊지 않았어. 왜냐고? 내가 끊기를 원하지 않았거든.

나는 헤더에게 나더스 행성어를 아이들이 쓰는 말로 변환하라고 했어.

"미, 안, 해. 잘못 찾았어."

나는 소리를 내어 말하고는 기대와 두려움에 가득 차서 아이들을 보았어.

"어쩌다가?"

"여기 비밀번호는 어떻게 알았고?"

아이들이 여기저기서 말했어.

"잃, 어, 버렸어."

"뭐를 잃어버렸어? 길을? 친구를? 비밀번호를?"

"아니, 비밀번호를 어떻게 알았냐고? 그것부터 말해 봐."

"다 잃어버렸나 봐."

흥분한 아이들 속에서 한 아이가 차분하게 말했어.

"어서 길을 찾아가. 친구들을 찾아가."

이제는 더는 여기에 있을 구실이 없었어.

"그, 래. 그, 럴 거야. 고마워."

"잘 찾아가."

"조심해서 가."

"다른 길로 새지 마."

"혼자 있지 마. 외롭잖아. 우리처럼 함께 있어."

한 아이가 나에게 손을 흔들었어. 나도 다리 하나를 들어 아이들을 따라 흔들었어. 헤더가 연결을 끊었어.

—우리, 함께.

나는 아까 아이들이 했던 말을 다시 했어.

이 말들이 얼마나 마음을 따뜻하게 하는 말인지 지구인들은 모를 거야. 이 말은 들을 때마다 따뜻해서 지구 아이들처럼 눈물을 흘리고 싶어져. 이상하지? 따뜻한데 울고 싶어지다니.

'우리'라는 말은 몇 도일까? 말의 온기를 잴 수 있다면 말이야. '함께'는 아마도 얼음 행성의 한가운데에서도 꽃씨를 틔우고 꽃을 피울 수 있을 만큼 따뜻할 거야.

얼음 행성이 어디에 있냐고?

얼음 행성은 나더스 행성에서 4억 광년 떨어진 곳에 있어. 모든 것이 꽁꽁 얼어붙어 있고 모든 것을 얼려서 '얼음 행성'이라고 불리지.

'함께 있어.'

아이들이 내게 한 말이 나에게 달라붙어 떠나지 않았어.

―헤더! 나더스 행성으로 돌아가자.

―99나안누스가 되지 않았다.

―알아. 그렇지만 가도 되지 않아? 반드시 99나안누스까지 있다가 오라고 한 건 아니잖아. 99나안누스가 될 때까지는 와야 한다고 한 거잖아.

내 말에 헤더는 잠시 생각했어.

―그렇기는 하다. 하지만 일찍 되돌아온 나더스체는 없다. 잠깐만!

헤더에게서 위이잉 소리가 났어.

―원년의 나더스체들은 간혹 오기도 했다. 일찍 되돌아와서 서로 만났고, 그리고 탄에 걸려 죽었다.

―죽었다고?

나는 무서웠어. 하지만 내가 본 지구 아이들을 생각했어. 직접 만나지는 못하지만 그래도 연결망으로 연결하고 서로 보고 웃는 지구 아이들을 말이야.

―그래도 난 갈 거야, 헤더.

지구인들은 두려워하면서도 서로의 연결을 끊지 않았어. 지구인들의 연결은 이것만이 아니었어. 두꺼운 유리창을 통해 이웃과 눈을 마주치고 손을 흔들기도 했고, '잘 있어요? 괜찮은가요? 나는 잘 있어요.'라고 글씨를 써서 들어 보이기도 했어. 어떻게든 만나려 애를 썼어.

—헤더, 지구인들의 연결망을 보여 줘.

검은 스크린에 촘촘하게 연결된 지구인들의 연결망이 빛났어. 그건 마치 별빛처럼 보였어. 어두운 우주를 반짝이며 밝히는 별처럼.

—오랫동안 바이러스에 시달리면 지구인들도 나더스체처럼 되지 않을까?

나는 고개를 저었어. '안녕?', '괜찮아?'라고 물어 주는 '우리'가 '함께' 있어서 절대로 나더스체들처럼 되지 않을 거야.

—코뉀니오1702, 지구의 바이러스는 탄보다 훨씬 약하다. 그렇기에 저렇게 대응할 수 있는 것인지도 모른다.

—나더스 행성은 지구보다 훨씬 과학이 발달했잖아.

나더스 행성과 지구를 비교해 본다면 과학이 발달하지 못한 지구에서 지금 벌어지는 일이 나더스 행성에서 일어난 일만큼이나 큰일이라는 생각이 들었어.

—지구의 문제가 나더스 행성보다 작은 게 아니야. 헤더, 다른 점은 지구인들은 어떻게 만날까를 고민했고 나더스체들은 어떻게 피할까를 생각했다는 거야.

—코뉀니오1702, 네 말이 맞을지도 모른다. 하지만 안전을 확신할 수

없다. 네가 땅에 다리 하나를 대어 시험해 보겠다고 했지만 그 결과가 어떻게 나올지는 모른다.

―난 이미 세 개의 다리를 땅에 댔는걸?

나는 헤더에게 보여 주기 위해 오쿠르1702를 만난 그 일을 다시 생각했어. 내 생각을 읽은 헤더에게서는 '윙윙윙 징징지잉' 하는 소리만 났어.

나는 모든 다리와 촉수를 덜덜덜 떨었어. 잠깐 멈추었다가 다시 떨었지.

―코눼니오1702! 뭐 하는 거야?

―웃는 거야.

지구인들은 행복하고 즐겁고 재미있으면 웃는다고 했잖아. 지금 나는 나더스체들을 모이게 할 계획으로 행복해.

오쿠르1702의 촉수와 내 촉수가 연결되었던 그때의 특별한 느낌이 무엇이었는지 이제 알겠어. 광석처럼 남아 있는 그때의 느낌은 '우리'라는 말을 들었을 때 느낌과 같은 거였어. 오쿠르1702가 탄에 감염될까 봐 걱정해 나를 들어 올리고, 들킬까 봐 염려해 숨겨 준 그 기억이 내게 힘을 주고 나를 특이하게 만들었어.

―코눼니오1702, 에너지가 넘치고 있어.

갑자기 스크린이 꺼졌다가 다시 켜지고 꺼졌다가 다시 켜지기를 반복했어. 아주 빠르게 말이야. 내가 놀라서 물었어.

―헤더, 왜 그래? 어디 고장이라도 난 거야?

─웃는다. 코눼니오1702는 언제나 어려운 질문을 해서 웃는다. 코눼니오1702가 특이한 나더스체라서 웃는다.

그렇게 헤더와 나는 한참을 웃었어.

─헤더, 나더스로 돌아가자.

─돌아가자.

헤더는 우주선의 방향을 틀었어. 나는 다리를 들어 흔들며 지구를 향해 작별 인사를 했어. 지구는 점점 작아지다가 마침내 보이지 않게 되었어. 우주의 암흑이 스크린을 가득 채웠어. 어둠 속에서 별들이 반짝였어. 나는 그 별들을 오래오래 바라보았어.

바이러스가 지구를 암흑처럼 덮었어. 그 속에서도 지구인들은 서로를 돌보며 희망을 만들었어. 희망은 별처럼 반짝였어. 암흑을 밝히는 별은 바로 지구인들이 만든 거야.

나도 이제 어둠 속에서 반짝이는 별을 만들 거야. 나더스 행성으로 돌아가 이제 홀로 우주를 떠도는 것은 그만하자고, '우리'가 되어 '함께'하자고, 함께 이겨 내자고 할 거야. 잘될지 모르겠다고? 뭐 어때. 걱정하고 두려워할 시간에 그냥 한번 해 보지 뭐.

나는 나더스체들에게 지구인들이 서로의 연결을 끊지 않으려고 얼마나 애썼는지 알려 줄 거야. 그리고 내가 배운 말들도 알려 줘야지.

나는 나더스 행성어로 말했어.

─모두 잘 있나요?

-우리 이제 만나요.

-함께해요.

-우리 서로를 돌봐요.

-내 말이 들리면 대답해 주세요.

내 말이 우주에 울려 퍼졌어.

눈눈이이

온희를 끌고 들어간 '그것'은 괴물이었다.

벌건 대낮이었다. 무엇보다도 마을 앞바다였다. 사람들의 왕래가 빈번한 대로는 아니지만 소나무가 우거진 절벽을 끼고 굽이굽이 돌면 그때마다 푸른 바다가 보석처럼 반짝이며 나타나는 아름다운 곳이었다.

파도는 차르르 차르르, 웃음 같은 소리를 내며 온희의 마음을 간질였다. 바닷물에 발을 담그고 싶은 충동이 일었다. 잠시 망설이던 온희는 신을 벗어 넙데데한 돌 위에 가지런히 놓고 조심스럽게 한 걸음 걸어 들어갔다. 더위에 지친 발바닥에 느껴지는 시원한 감촉이 좋았다. 온희의 얼굴은 생기로 빛났고 두 눈은 희망에 가득 차 반짝거렸다. 윤기 흐르는 검은 머리칼은 단정했다.

밝은 해가 온희를 비췄다. 공연히 가슴이 벅차올라 온희는 무르익은 열매가 터지듯 웃음을 터뜨렸다. 별것도 아닌 일에도 웃음이 쏟아지는 나이, 어떤 것도 꿈꿀 수 있고 무엇도 될 수 있는 나이, 열여섯은 한참 좋은 나이라고 어머니는 말하곤 했다. 집에서 기다리고 있을 어머니가 생각났다. 온희는 돌 위에 놓은 신을 잡으려고 손을 뻗었다.

그때였다. 바닷물이 요동치더니 검고 거대한 형상이 쑥 올라왔다. 사람 모양의 검은 형상이 새빨간 혀를 날름거리며 온희를 희롱했다. 두렵고 불쾌한 마음에 온희는 서둘러 몸을 피했다. 그러나 새빨간 혀가 온희의 발목을 잡아채 단번에 바닷속으로 끌고 갔다.

온희는 자신의 몸을 덮친 그것이 괴물이라고 생각했다. 뒤틀린 욕망이 응축되어 풍기는 지독한 냄새 때문에, 생전 처음 듣는 낯선 헐떡임과 살려 달라는 애원에도 비웃는 차가운 심장 때문에 온희는 그것이 괴물임을 알았다.

괴물은 온희의 몸을 핥고 살점을 뜯었다. 살려 달라고 소리쳤고, 그러지 말라고 주먹을 휘둘렀고, 고통에 몸부림쳤다. 온희는 온몸을 부들부들 떨며 두 눈을 감았다. 공포와 참담함에 숨이 쉬어지지 않았다. 의식은 점차 혼미해졌다. 찰나였는지 영겁이었는지 구별되지 않는 시간이 흘렀다.

차르르.

차르르.

온희는 눈을 떴다. 파란 하늘이 보였다. 온희는 간신히 몸을 일으켰다. 몸에서 피가 흘렀다. 앞을 보는 온희의 눈은 빛을 잃어 텅 비었고 젖은 몸에서 떨어진 바닷물이 걸음걸음마다 눈물처럼 고였다.

온희는 겨우 집으로 돌아왔다. 반겨 주던 어머니는 온희의 몸에 흐르는 피를 보고 모든 것을 알았다. 어머니는 입 밖으로 터져 나오는 비명을 참으려고 입술을 깨물었다. 입술에서 한줄기 피가 흘러내렸다. 온희는 자신으로 인해 괴로워하는 어머니를 보니 그저 죄송스럽고 슬펐다.

바닷물의 냉기에 담가졌던 온희의 몸이 열로 펄펄 끓어올랐다. 어머니는 가슴을 움켜쥐고 온희를 보듬었다.

"온희네, 온희네!"

추봉 어미가 부르는 소리에 온희도 어머니도 긴장했다. 들어오라는 허락도 없었는데 추봉 어미는 벌컥 방문을 열고 얼굴을 디밀었다.

"온희네, 뭐 해? 오늘 인영신제(人影神祭)를 지내는 날이잖아."

어머니는 얼른 이불로 온희의 몸을 가리며 태연히 물었다.

"추봉네, 갑자기 무슨 제를 올린다는 거야?"

"며칠 전에 앞바다에 오신 인영신님 말이야. 아이고, 온희네는 이야기를 못 들었나 보네."

추봉 어미는 어부들이 배를 타고 나가면 파도를 잠재우고 만선으로 돌아올 수 있도록 보살펴 주는 신이 먼 동네 호수에 몸을 숨기고 있다는 말을 바람결에 들었다. 마을 사람 거의 대부분이 바다에 기대어 사는지라 귀가 번쩍 트였다. 추봉 어미는 마을 사람들에게 인영신을 모셔 오자고 하였다.

"내가 직접 찾아갔어."

추봉 어미는 몇 번이나 인영신을 찾아가 머리를 조아리며 마을 앞바다로 오실 것을 청했다.

"인영신님의 모습이 참으로 예사롭지 않았어."

검은 형상에 붉은 혀를 가져 그 모양이 신비롭고 놀랍다고 추봉 어미가 떠들었다. 추봉 어미의 말을 들은 온희는 부들부들 몸을 떨었다. 하지만 두꺼운 이불로 몸을 감싸고 있어서 추봉 어미는 알아차리지 못했다. 어머니만 민첩하게 온희의 기색을 알아채고는 전전긍긍했으나 표정을 숨기고 태연을 가장하였다.

직접 모셔 와서 그런지 추봉 어미는 인영신이 좀 더 가깝게 느껴지고 각별한 마음이라고 했다. 인영신이 마을에 온 것을 환영하는 환영제를 올리기로 했는데, 그 일을 주관하는 이가 다름아닌 추봉 아비라고 자랑했다.

"근데 온희 쟤는 왜 저러고 있대?"

이제야 온희를 보았는지 추봉 어미가 물었다. 어머니는 온희가 고뿔이 들었다고 둘러댔다.

"한여름에 고뿔이 들다니……."

추봉 어미는 혀를 끌끌 찼다. 그러고는 한 집도 빠짐없이 인영신제에 참가해 인영신을 뵙고 인사를 드려야 한다며 인영신제가 열리는 살피언덕으로 오라고 했다.

추봉 어미가 나간 후 온희는 몸을 더욱더 떨었다.

"신이 아니에요. 괴물이에요. 어머니, 사람들에게 알려야 해요."

어머니는 고개를 가로저으며 온희를 말렸다. 어머니의 만류에도 온희는 허방을 짚는 것처럼 휘청거리며 살피언덕으로 갔다. 어머니는 온희 뒤를 따라갔다.

살피언덕은 마을에서 가장 높은 언덕으로 꼭대기는 평평했고 뒤는 자른 듯 깎아지른 절벽이었다. 살피언덕에 오르면 앞바다는 물론 먼바다까지 훤하게 보였다. 마을 사람들은 살피언덕에서 파도를 살피거나 마을에 들고나는 배들을 살폈다.

언덕 위에는 화려하고 푸짐한 상이 차려져 있었다. 옷을 갖춰 입은 추봉 아비가 제상(祭床)의 맨 앞에 서고 그 뒤로 추봉 어미와 마을 사람들이 섰다.

"인영신님, 환영하옵니다!"

추봉 아비가 소리치자 마을 사람들이 추봉 아비의 말을 따라 했다.

푸른 바다가 점점 검게 변하기 시작했다. 검은 바닷물이 솟구치더니 검은 형상이 불쑥 올라왔다. 그때의 괴물이었다. 괴물을 보니 온희는 숨이 막히고 가슴이 떨렸다.

"인영신님, 저희는 오로지 인영신님을 믿고 따르겠습니다."

추봉 아비가 무릎을 꿇고 엎드려 예를 올렸다. 마을 사람들도 추봉 아비를 따라 예를 올리려 했다.

"신이 아닙니다. 저것은 괴물입니다!"

온희가 앞으로 뛰쳐나갔다. 온희의 말에 마을 사람들이 놀라 웅성거렸다.

"괴물이라니. 어허, 인영신님께 그런 불손한 말을 하다니!"

추봉 아비가 부르르 몸을 떨었다.

"온희 너, 무슨 근거로 그런 말을 하는 것이냐. 감히 인영신님을 무고하는 것이야?"

추봉 어미가 닦달을 했다.

막상 일을 말하려니 온희는 입이 떨어지지 않았다. 하지만 용기를 내어 입을 열었다. 온희의 말을 들은 마을 사람들은 몹시 놀랐다. 몇몇 사람은 눈물을 글썽이며 온희를 보았고 누군가는 온희에게 손을 내밀며 다가오려고 했다.

"저것 좀 보아. 저기 온희가 아닌가?"

추봉 어미가 바다를 가리켰다. 사람들이 모두 절벽 아래 출렁이는 바다를 보았다.

바닷물에 웃는 온희의 모습이 비치었다. 온희는 신발을 벗고 치마를 한껏 올려 다리를 드러내고는 제 발로 바다에 걸어 들어갔다.

"온희 제가 스스로 인영신님의 제물이 되길 바랐구먼. 온희가 거짓말을 했어."

추봉 어미의 입에서 뜻밖의 말이 나왔다.

"맞아. 저렇게 웃으며 바다로 들어갔네."

추봉 아비의 말에 사람들은 온희를 보았다. 그 눈길에 의심이 실려 있었다.

"아닙니다. 아닙니다! 저것은 거짓입니다!"

온희가 소리를 질렀다. 하지만 괴물은 아니라는 듯 손을 휘휘 내저었다.

"이것 봐. 인영신님께서 아니라 하시잖아."

추봉 어미가 말했다.

"아닙니다. 저는……."

온희가 떨리는 목소리로 더듬거리며 말했다. 마을 사람들은 온희의 말을 들으려고 귀를 기울였다. 괴물이 두 손을 들어 바다를 내리쳤다. 철썩, 철썩, 엄청난 파도가 치며 굉음을 냈다. 온희의 음성은 굉음에 묻혀 사람들의 귀에 들리지 않았다.

"온희야, 스스로 제물이 되기를 원한 것이냐, 아니냐. 대답을 해 보거라."

마을 사람들 중에서 누군가가 온희에게 말을 했다.

"저는……."

온희가 입을 여는 순간 괴물이 다시 두 손으로 바다를 내리쳤다. 철썩, 커다란 굉음에 온희의 말은 또 묻혔다. 아무리 말을 해도 괴물 때문에 온희의 말은 묻혔다.

"저 저, 대답을 못 하는 것 좀 보아. 온희는 거짓을 말하는 것이라오. 그러니 저리 대답을 못 하는 것이 아니오."

추봉 아비가 말했다. 사람들은 고개를 주억거렸고 의심의 눈으로 온희를 보았다.

"인영신님께 어서 예를 갖춰 인사를 드립시다."

추봉 어미가 소리쳤다.

"괴물입니다. 신이 아니에요."

온희의 말은 사람들에게 들리지 않았다. 온희는 억울하고 답답했다. 온희는 제상을 엎었다. 마음을 표현할 길이 이것밖에 없었다. 상에 높게 올린 고기며 과일이 절벽으로 떨어졌다. 감히 상상조차 하지 못한 행동에 마을 사람들은 그저 입을 벌렸다.

"감히 저런 짓을 저지르다니!"

추봉 어미가 소리쳤다.

"인영신님의 노여움을 사면 어쩌려고!"

추봉 아비가 온희를 윽박질렀다.

마침내 괴물이 바닷속으로 사라졌다. 추봉 아비가 머리를 땅에 조아리며 용서를 빌었다. 그 뒤에서 추봉 어미도 목청을 높여 용서를 빌었다.

다음 날은 날이 유난히 화창했다. 어제의 일로 인영신이 노하지는 않았을까 가슴을 졸이며 바다를 살피던 마을 사람들은 안심하며 배를 띄웠다. 마을 사람들은 살피언덕에 올라 풍어를 기원하며 떠나는 배를 향해 손을 흔들었다.

배가 바다 한가운데에 이르자 괴물이 쓱 올라왔다. 그리고 두 손으로 바다를 휘저었다. 바닷물이 출렁이며 파도가 높게 일었다. 평생을 바다만 보고 살아온 사람들도 처음 보는 파도였다. 배가 파도에 휩쓸리더니 한순간에 뒤집혔다. 사람들이 헤엄쳐 나오려 했지만 그때마다 파도는 사람들을 삼켰다. 괴물은 새빨간 혀를 날름거리며 웃었다.

살피언덕에서 이 모든 광경을 보고 있던 사람들은 발을 동동 굴렀다. 추봉 아비가 돌연 나뭇가지를 손에 들었다.

"모두 온희 때문이오. 온희 때문에 인영신님께서 노하신 것이오. 인영신님의 노여움을 풀어 드려야 하오."

"우리 모두 온희네로 갑시다."

추봉 어미가 사람들에게 소리쳤다. 사람들은 온희네 집으로 달려갔다.

"온희는 나오너라!"

추봉 아비의 호통 소리에 온희는 방문을 열었다. 마을 사람들이 온희의 집 마당에 가득했다. 그들은 모두 손에 나뭇가지를 들고 있었다.

"온희 너 때문에 이런 사달이 일어난 것이다."

추봉 아비의 말에 온희는 말문이 막혔다. 사람들이 온희를 마당으로 끌어냈다. 사람들을 말리던 어머니도 같이 끌려 나왔다.

"온희는 마을을 떠나거라!"

추봉 아비가 소리를 지르며 나뭇가지로 땅을 두드렸다. 마치 돌림 노래를 부르듯 추봉 어미가 따라 하자, 마을 사람들도 나뭇가지로 땅을 두드리며 노래를 불렀다. 노랫소리는 천둥처럼 온희의 귀를 때렸고 온희를 뒤흔들었다. 온희의 귀에 그 소리는 마치 괴물의 소리처럼 들렸다. 온희는 귀를 막았다.

추봉 아비와 추봉 어미는 계속 나뭇가지로 땅을 두드리며 사냥감을 몰듯 온희를 몰았다. 사람들도 나뭇가지로 땅을 두드렸다. 온희는 짐승처럼 쫓겼다.

마을 사람들에게 몰려 온희가 도망간 곳은 살피언덕이었다. 어머니가 마을 사람들과 온희 사이에 끼어들었다. 어머니는 두 손을 모으고 애원했다.

"이보시오, 제발 그만하시오. 내 딸이 무슨 죄가 있다고 이러시오."

"온희는 인영신님께 그 몸을 바쳐라. 어서 인영신님께 용서를 구하라."

추봉 어미가 나뭇가지로 땅을 두드리며 소리쳤다.

"그래야 파도가 삼킨 사람들이 돌아온다."

추봉 아비의 말에 마을 사람들의 눈이 깊은 바다처럼 검게 변했다. 사람들이 온희를 향해 나뭇가지를 칼처럼 겨누었다.

온희는 마을 사람들을 보았다.

'저 나뭇가지를 괴물에게 휘둘러야 옳지 않은가? 나뭇가지로 땅을 두드리며 괴물에게 죄를 물어야 할 것이 아닌가? 그런데 어째서 내게?'

정수리까지 차오른 분노가 온희의 온몸을 태웠다. 온희는 몸을 떨며 눈물을 쏟았다. 예리하고 날카로운 칼이 온몸을 한 치씩 포 뜨는 것 같았다. 온희는 괴로워하며 몸부림을 쳤다. 손목과 발목이 참을 수 없이 아팠다.

"도윤아, 정신 차려! 도윤아!"

아득히 꿈속에서 들리는 것 같은 어머니의 목소리에 온희는 두리번거리며 주위를 살폈다.

"도윤아, 이건 진짜가 아니야. 속지 마. 이건 가짜야."

온희는 어머니가 왜 자신을 도윤이라고 부르는지, 왜 가짜라고 하는지 머릿속이 혼란스러웠다.

"인영신님이 나타나셨다!"

추봉 어미가 소리쳤다. 온희는 뒤를 돌아보았다. 괴물이 새빨간 혀를 날름거리고 서 있었다. 추봉 어미와 추봉 아비가 간신히 버티고 서 있는 온희를 나뭇가지로 밀었다. 그 바람에 온희는 아래로 떨어졌다. 절벽 아래로 한없이 떨어지면서 온희는 피맺힌 절규를 했다.

"천지신명이시여, 당신이 정말 계시다면 벌을 내리소서. 제가 당한 만큼 딱 그만큼 벌을 내리소서."

온희의 몸이 땅에 닿았다. 말할 수 없는 고통이 느껴졌다.

"으아아악! 악, 아파! 으악!"

마구 비명을 질렀다. 남자 목소리가 온희의 입에서 나왔다. 온희는 아니, 도윤이는 놀랐다. 어머니, 아니 엄마가 언덕에서 산산이 조각난 도윤이의 몸을 내려다보았다. 엄마는 흐느끼며 절벽 아래로 몸을 날리려 하고 있었다.

"엄마, 안 돼. 안 돼. 죽으면 안 돼!"

도윤이가 미친 듯이 소리쳤다. 엄마를 막으려 팔다리를 휘둘렀다. 하지만 마음대로 움직일 수 없었다. 몸부림을 칠수록 팔목과 발목을 파고드는 고통이 심해졌다.

결국 엄마가 뛰어내렸다. 머리가 산산이 깨지고 몸이 으깨졌다. 팔다리는 기묘하게 꺾였다.

"으흐흑, 엄마, 엄마! 흐흑흑."

도윤이는 자기가 죽은 것이 슬픈지, 엄마가 죽은 것이 슬픈지 구별할 수 없었다. 마음이 수없이 많은 칼에 찔린 듯 아팠다.

범죄번호 33하 3290 김도윤, 성폭행죄에 대한 눈눈이이 체험 형벌 프로그램을 종료합니다.

방금까지 도윤이의 눈앞에 있던 절벽과 푸른 바다, 사람들이 사라지고 그 대신 검은 어둠이 가득 찼다. 도윤이는 모든 것이 기억났다. 자기는 온희가 아니라는 것이, 그리고 지금 가상 처벌실에 있다는 것이.

범죄번호 33하 3290 김도윤에게 인공지능 판사법 제5조 제1호 '눈눈이이' 체험형을 선고합니다.

1년 전 도윤이는 재판을 받았다. 도윤이의 범죄명은 성추행, 성폭행, 불법 사진 촬영 및 유포, 그리고 협박죄다.

처음 도윤이는 그 아이의 가슴에 손만 댔다. 봉긋한 가슴이 궁금했다. 참을 수 없이 궁금해서 만져만 봤을 뿐이다. 그런데 그 아이는 송충이라도 닿은 것처럼 진저리를 쳤다. 도윤이는 기분이 팍 상했다.

며칠이 지나도록 자꾸 그 아이가 진저리 치는 모습이 생각났다. 자꾸 생각하다 보니 이상하게도 도윤이의 아랫도리는 단단해졌다. 도윤이는 다시 한 번 그 아이를 만질 기회를 노렸고 그날, 그 아이의 온몸을 만졌다. 그 아이는 싫다고 하며 두 주먹을 휘둘렀다. 아이는 그러지 말라고 말했지만 도윤이는 멈추지 않았다. 모두 그 아이 때문에 벌어진 일이다. 그 아이가 그렇게 송충이라도 닿은 듯 진저리를 치지 않았으면 도윤이의 기분이 나쁘지 않았을 것이다. 그럼 그 아이를 계속 생각하는 일이 없었을 것이고, 아랫도리가 단단해지지 않았을 테고, 그 아이를 다시 만지지 않았을 것이며, 성폭행도 하지 않았을 것이다. 그러니 모든 일은 그 아이 때문에 벌어진 일이다.

도윤이는 사진도 찍었다. 물론 사진을 유포하겠다는 계획을 세우고 찍은 것이 아니다. 찔찔 짜고 있는 그 아이의 모습이 웃겨서 기념으로 사진 한 장 남겨, 두고두고 볼까 하는 마음이 생겼다. 사진을 찍을까 말까 망설이는데 그 아이가 도윤이를 경찰에 신고하겠다고 했다. 그래서 도윤이는 자신의 안전을 지키기 위해 '신고하면 사진을 뿌리겠다.'며 사진을 찍었다. 하지만 맹세코 그럴 생각은 없었다.

사진 유포는 정말, 진짜, 억울했다. 그건 도윤이가 한 일이 아니다.

온라인 게임을 하던 중 다른 중학교에 다니는 A와 게임을 하게 되었다. A가 희귀템이 있다며 게임 아이템을 자랑했고 그것을 얻게 된 과정을 무용담처럼 떠들어 댔다. 희귀템이기는 했지만 너무 잘난 척을 하는 그 모습이 눈꼴시었다. 지고 싶지 않아서 도윤이는 그날의 일을 자랑했다. A는 믿지 않았고 '게임도 못하는 새끼가 허언증까지 있네.'라고 채팅에 쳤다. 증거가 있다는 도윤이의 말에 증거를 보내라고 했다. 그래서 사진을 보냈다. 그런데 A가 사진을 자기 친구들에게 메일로 보냈고 메일을 받은 아이들은 또 다른 아이들에게 보냈다. 사진은 돌고 돌아 결국 그 아이에게까지 가게 되었다. 같은 중학교도 아닌데 아이들이 학교까지 찾아가 하교를 하는 그 아이를 보고 낄낄거렸다. 정말이지 도윤이는 억울했다.

협박죄는 진짜 억울해서 말이 안 나올 지경이다. 협박은 그 아이가 먼저 했다. 그날 그 아이는 울면서 도윤이를 경찰에 신고하겠다고 소리쳤다. 경찰에 신고한다기에 도윤이는 순전히 방어 차원에서 신고하면 사진을 유포하겠다고 한 것뿐이다. 도윤이는 자신의 행동이 정당방위라고 생각했다.

1심에서 도윤이는 검은 법복을 입은 판사 앞에서 눈물을 뚝뚝 흘리며 울었다. 겁에 질리고 순진한 표정을 지으려고 애쓰며 '반성합니다. 실수였습니다. 죄송합니다.'라는 말을 앵무새처럼 반복했다. 자신의 잘못을 뉘우치고 있으며 바르게 자라 어려운 사람들을 돕는 훌륭한 어른이 되어 이 사회에 보탬이 되겠다고 말했다.

성추행의 죄를 물을 때 도윤이는 절대 아니라고 했다. 갑자기 머리가 핑 돌며 어지러워서 넘어지지 않으려고 손을 짚었는데, 하필이면 그 아이의 가슴에 닿은 것뿐이라고 말했다. 평소 어지러움을 종종 느끼냐는 질문에는 감기에 걸려 감기약을 먹었는데 갑자기 어지럼증이 온 것 같다고 대답했다.

성폭행의 죄를 물을 때 도윤이는 그 아이를 정말 사랑했다고 했다. 낮이나 밤이나 그 아이를 생각했다고 말했다. 도윤이는 사랑의 마음을 표현하고 싶었는데 방법을 잘못 알고 있었다고 했다. 도윤이가 사랑을 표현하는 올바른 정보를 접할 수 있었다면 그런 잘못을 저지르지 않았을 것이니, 올바른 정보를 제공하지 못한 사회에도 문제가 있다며 책임을 떠넘겼다.

그러면서 도윤이는 그 아이가 하지 말라는 말과 거부의 몸짓을 한 적이 없었다며 안타까워했다. 만약 그 아이가 하지 말라고 했다면 도윤이는 즉시 모든 행동을 멈추었을 것이라고 하늘에 맹세했다.

집에서 엄마, 아빠와 함께 법정 진술을 연습할 때 도윤이는 사실 그 아이가 그만하라고 했다며 걱정했다.

"야, 증거 있냐? 들은 사람도 없고. 본 사람도 없고, 거기에 너랑 그 아이뿐었잖아. 누구 말이 진실인지 사람들이 어떻게 알아? 재판이라는 건 어차피 서로 유리한 말만 하면서 우기는 거야."

아빠의 말에 도윤이는 그 아이가 녹음이라도 했으면 어떻게 하냐고 또 걱정했다. 그러자 이번에는 엄마가 도윤이를 다독였다.

"도윤아, 걱정 마. 증거가 있었으면 벌써 내놓았겠지. 설령 있어도 상관없어. 평소 너한테 악감정을 가지고 있어서 괴롭히려고 일부러 작정하고 네가 범행을 저지르도록 덫을 놓았다고 주장하면 돼."

거짓 주장을 하며 몸이 움츠러들 때마다 도윤이는 엄마와 아빠의 말을 떠올렸다. 그리고 어깨를 쫙 폈다.

사진은 왜 찍었냐는 물음에는 아빠가 나섰다. 아빠는 도윤이가 돌잡이로 잡은 것이 장난감 카메라였다며 그때부터 사진을 찍는 것을 좋아했다고 했다. 1년 전부터는 아예 진로를 그쪽으로 정하고 사진 찍기에 더욱 골몰했다고 주장했다.

도윤이는 변호사들이 작성해 준 반성문도 토씨 하나 틀리지 않고 그대로 종이에 베껴 제출했다. 반성문을 많이 내면 형이 줄어들까 싶어 도윤이는 따로 더 써서 제출했다. 50장이 넘게 펜으로 꼭꼭 눌러 쓴 내용은 거의 비슷했다.

존경하는 재판장님께

저는 그 아이를 사랑해서 한 행동이었는데 그것이 피해자를 괴롭히는 일인 줄 몰랐습니다.

저는 피해자가 그날의 일을 잊고 건강하고 행복하게 잘 살기를 매일 눈물로 기도합니다.

청소년에게 법의 목적은 벌을 주는 데 있는 것이 아니라 바른 길로 선도하고 교정하는 것이 아닙니까.

저는 진심으로 반성하며 좋은 어른으로 커서 이 사회에 꼭 필요한 일원이 되겠으니 제발 한 번 기회를 주시기를……

엄마도 도윤이가 그 아이를 매우 사랑했다고 주장했다. 도윤이 나이가 열여섯 살이지만 어찌나 순진한지 아기나 다름없다고 했다. 어린 나이여서 사랑을 표현하는 방법이 서투른데 엄마인 자신이 잘못 가르쳐서 그런 것 같다며 흐느꼈다.

법정에서 엄마는 조용히 하라는 제지에도 '제발 한 번만 용서해 달라.'라고 흐느끼다 쓰러졌다. '차라리 내가 벌을 대신 받겠다. 죽으라고 하시면 죽을 터이니 나에게 벌을 내려 달라.'라며 몸부림을 쳤다.

아빠는 도윤이가 사춘기라 심신 미약 상태나 다름이 없다고 주장했다. 그래서 사실은 병원에서 진찰을 받으려 했는데 먹고사느라 바빠 생각만 하고 미루고 있었다고 했다. 그리고 이번 일로 인해 도윤이와 온 가족이 크게 마음의 상처를 받아 병원에 다니고 있으며, 한 가정이 흔들리고 있으니 이 모든 것을 참작해 달라고 호소했다. 아빠는 말을 하는 내내 하얀 손수건으로 눈가를 훔쳤다.

아빠를 보는 도윤이의 눈도 촉촉하게 젖었다.

사실 엄마와 아빠는 법정에서 할 말과 행동을 집에서 미리 몇 번이나 연습했다. 눈물이 나오지 않고 소리만 내는 거짓 울음을 연기하는 엄마, 아빠를 보며 도윤이는 낄낄거리며 웃었다. 그런데 집이 아니라 법정에 있기 때문인지, 아니면 엄마, 아빠의 연기가 늘어서인지 도윤이는 진짜 눈물이 나오려고 했다.

판사는 죄는 있으나 초범이며, 50장이 넘는 반성문을 제출하며 깊이 반성하고 있고, 아직은 어리니 기회를 줘 이 사회의 구성원으로 잘 키우는 것이 바람직하다고 했다. 따뜻한 인간애를 바탕으로 가해자를 우리 사회가 끌어안아야 한다고 말했다. 또 애끓는 모성애와 부성애에 감동했다며 도윤이에게 앞으로는 절대 엄마, 아빠의 속을 썩이는 짓을 하면 안 된다고 꾸짖었다. 그리고 판사인 자신과 훌륭한 어른이 되겠다는 약속을 하자고 했다. 당연히 도윤이는 굳게 약속을 했다.

판사는 도윤이에게 50시간의 성교육과 40시간의 인성 교육을 받고 20시간의 봉사 활동을 하라는 '개정소년법 3호 처분'을 내렸다. '개정소년법 10호 처분'을 받으면 소년원에 가야 하기 때문에 도윤이와 엄마, 아빠는 걱정을 했었다. 그런데 예상한 것보다 훨씬 낮은 판결에 터져 나오는 환호성을 참느라 도윤이는 애를 썼다.

집에 돌아와 도윤이는 엄마, 아빠와 함께 치킨을 먹으며 축하했다. 엄마는 소년범죄 변호 전문변호사들을 찾아간 것은 모두 자신의 현명한 판단 덕분이라고 생색을 냈다. 아빠는 거액의 변호사 수임료를 말하며 모두 자신이 지불한 돈 덕분이라고 했다. 아빠는 무엇이든 비싸고 좋은 것을 써야 하고 세상은 힘이 지배하며 그 힘은 돈에서 나오는 것이라고 도윤이에게 말했다. 아빠는 돈이 진리이자 진실이라고 강조했다.

그렇게 모든 일이 끝난 줄 알았는데 그 아이가 항소를 했다. 항소장을 받고 깜짝 놀란 엄마는 변호사에게 전화를 했다.

"우리는 또 거기에 맞춰 새로운 전략을 짜면 됩니다. 걱정하지 마세요."

변호사가 대수롭지 않게 말했고 엄마는 안심했다. 아빠는 "아, 항소하라고 해. 창피한 줄도 모르고 나대 봤자 소문나면 저만 손해지." 하며 코웃음을 쳤다. 엄마, 아빠 덕분에 도윤이도 안심을 했다.

그 아이는 2심을 인공지능 판사에게 재판을 받게 해 달라는 심사요청을 했다. 1년 전부터 피해자가 신청을 하면 심사를 거쳐 2심에서는 인공지능 판사의 판결을 받을 수 있게 법이 개정되었다. 그 아이의 신청은 심사를 통과했고 도윤이는 인공지능 판사 '법대로우'의 판결을 받게 되었다. 그 결과 '눈눈이이' 체험 형벌 처분을 받았다. 도윤이가 아무리 반성을 해도, 아빠가 도윤이를 잘 키우겠다, 다시는 이런 일이 벌어지지 않도록 하겠다고 약속을 해도, 엄마가 기절하는 척 연기를 해도, 수임료가 비싼 변호사의 화려한 언변도, '법대로우'에게는 소용이 없었다. 도윤이네는 상고했으나 2심의 판결을 뒤집지는 못했다.

집행관이 도윤이의 머리에 씌운 가상현실 체험기인 '오감'을 벗겨 냈다. '오감'은 가상 세계에서 벌어지는 상황을 완벽하게 현실로 착각하게 했다.

도윤이는 2미터쯤 떨어진 의자에 앉아 있는 엄마와 아빠를 보았다. 엄마가 울고 있었다. 도윤이는 엄마에게 손을 뻗으려고 했지만 움직일 수 없었다. '눈눈이이' 체험 형벌 의자에 앉을 때 움직이지 못하게 손목과 발목에 금속 고리를 채운 것이 생각났다.

"도윤아! 흐흐흑."

엄마는 울음을 멈추지 못하고 서럽게 울었다. 엄마 옆에 있는 아빠는 굳은 얼굴로 이를 악물고 있었다.

'법대로우'는 도윤이의 부모에게도 죄를 물었다. 사랑이라는 말로 범죄를 미화하며 피해자를 찾아가 합의를 종용하며 괴롭힌 2차 가해의 죄를 물어 인공지능 판사법 제5조 3호의 판결을 내렸다. 그것은 도윤이가 '눈눈이이' 체험 형벌을 받을 때 부모가 참관하는 것이다. 피해자의 가족들이 겪었을 고통을 체험하고 죄를 뉘우치라고 했다.

'천지신명이시여, 당신이 정말 계시다면 벌을 내리소서. 제가 당한 만큼 딱 그만큼 벌을 내리소서.'

온희가, 아니 도현이가 피를 토하며 천지신명에게 한 기도를 인공지능 판사가 들어준 셈이었다. '눈에는 눈, 이에는 이'라는 말처럼 '눈눈이이' 체험 형벌 프로그램의 목적에 맞게 도윤이는 지금 피해자의 고통을 가상 현실에서 되돌려 받고 있었다.

집행관이 도윤이의 손발을 결박하고 있던 금속 고리를 풀었다. 몸이 자유로워졌지만 도윤이는 일어나지 못했다. 절벽에서 떨어질 때의 공포, 바위에 부딪히는 아픔이 생생했다. 도윤이는 자기는 온희가 아니라고, 이것은 모두 환상이라고, 진짜가 아니라고 자꾸만 되뇌었지만 소용없었다.

"차라리 제게 벌을 주세요. 도윤이 대신 제가 벌 받을게요."

엄마는 울음을 멈추지 못했다. 고통당하는 도윤이를 보고 있자니 부모로서 견딜 수가 없었다.

"우리 도윤이를 용서해 주세요. 저를 용서해 주세요."

엄마가 두 손을 모으고 허공에 싹싹 빌었다. 그 모습이 보잘것없는 파리처럼 보였다.

삐─.

날카로운 소리에 엄마도 도윤이도 움찔했다.

불편함이 느껴집니다. 당장 행동을 멈추시기 바랍니다.

감정도 인정도 없는 인공지능 판사가 엄마의 행동에 불편함을 느꼈다는 것은 말이 되지 않는다. 불편함을 느낀 사람들은 맞은편에서 보고 있던 그 아이와 그 아이의 부모일 것이다.

사방이 초록색으로 되어 있는 가상 처벌실 벽은 그냥 벽이 아니다. 벽은 가상 처벌실이 보이고 도윤이의 고통에 찬 숨소리까지 다 들을 수 있게 만들어진 특수 벽이다. 도윤이가 앉았던 처벌 의자가 향하고 있는 곳, 정면에 보이는 저 벽 뒤로 그 아이와 엄마가 있을 것이다. 그들은 원한다면 모든 처벌 과정을 지켜볼 수 있다.

엄마는 행동을 멈추라는 '법대로우'의 말에도 아랑곳하지 않고 벽에 다가가 두 손을 마주 비비며 애원했다.

"제발! 그만해요! 제발 멈춰요. 이 정도 했으면 됐잖아요."

엄마가 한 말은 메아리처럼 도윤이의 귀에서 울렸다.

'도윤아, 제발 멈춰! 제발! 살려 줘!'

엄마의 말인지, 그날 그 아이가 한 말인지 구별이 되지 않았다. 도윤이는 두 손으로 귀를 막았다.

경고합니다. 소란스러운 행동을 멈추지 않으면 가상 처벌실 소란의 죄를 물어 인공지능 판사법 법정조직법 제60조에 의거하여 30일 이내의 감치에 처하거나 또는 300만 원 이하의 과태료를 부과할 수 있음을 알립니다.

엄마는 벽을 두 손으로 쿵쿵 두드렸다.

"사람이 어떻게 이렇게 잔인해? 당신도 자식 키우면서 어떻게 이렇게 모질어."

삐ㅡ.

날카로운 소리가 났다.

"그 말, 그때 나도 당신에게 그렇게 말했지."

그 아이의 엄마였다. 얼굴은 보이지 않았지만 도윤이와 엄마가 있는 가상 처벌실 전체에 목소리가 또렷하게 울렸다.

"당신은 내게 뭐라고 그랬어? 아이끼리 서로 좋아해서 한 일을 가지고 돈을 뜯으려고 수작을 부리는 거라고 했지? 부끄러운 줄도 모르고 떠든다고 했지?"

도윤이는 그날의 일을 기억하고 있다. 그 아이의 엄마가 집에 찾아왔을 때 도윤이는 방에 숨었고 엄마가 나갔다. 엄마는 그 아이의 엄마를 문밖에 세워 둔 채 수고스럽게 여기까지 왔냐며 앞으로는 엄마가 그 아이가 사는 동네에 가서 크게 이야기를 하겠다고 했다.

"사람의 탈을 쓰고 어떻게 이럴 수 있냐며 우는 내게 당신은 뭐라고 했어? 당신이 도윤이 엄마여서 어쩔 수 없으니 이해하라고 그랬지. 나도 엄마여서 어쩔 수 없어. 그러니까 당신도 나를 이해해."

엄마는 계속 벽을 두드렸다.

가상 처벌실 소란의 죄를 물어 인공지능 판사법 법정조직법 제60조에 의거하여 이혜연에게 30일 동안 구치소에 수용할 것을 명한다. 시행은 김도윤의 모든 처벌이 끝난 후에 한다.

아빠가 엄마의 팔을 거칠게 잡았다. 그제야 엄마는 두드리는 것을 멈췄다.

"잘못을 빌어도 지랄이야."

아빠가 중얼거리다 화를 못 참겠는지 소리를 버럭 질렀다.

"사람도 뭣도 아닌 게 사람 흉내 내고 지랄이야."

지금의 발언은 인공지능 판사법 판사인격법 제1조에 의거하여 인공지능 판사모독죄에 해당한다. 김형우에게 인공지능 판사모독죄를 물어

7일 동안 구치소 수용을 명한다. 마찬가지로 시행은 김도윤의 모든 처벌이 끝난 후에 한다.

"잘났다. 그래 봤자……."

또다시 아빠가 소리쳤다. 엄마가 손으로 아빠의 입을 막았다. 아빠가 엄마의 손을 피해 얼굴을 돌렸고 엄마는 아빠가 또 소리를 지를까 봐 걱정하며 입을 막으려고 했다. 실랑이를 벌이는 두 사람에게 도윤이가 소리쳤다.

"그만해요!"

도윤이의 외침에 엄마, 아빠가 움직임을 멈췄다.

한동안 고요가 흘렀다. 도윤이는 지금 '법대로우'가 그 아이의 결정을 기다리고 있다는 것을 깨달았다.

'눈눈이이' 체험 형벌을 언제 받을지는 피해자가 결정한다. 도윤이가 오늘 다 몰아서 받고 싶다고 해서 되는 것도 아니고, 오늘은 받고 싶지 않다고 해서 안 받는 것도 아니다. 처벌 기간이 7년이니 그 안에 그 아이의 마음대로 하면 되는 것이다.

도윤이가 받을 체험 형벌은 성추행, 성폭행, 불법 사진 촬영 및 유포, 그리고 협박죄에 해당하는 네 번의 처벌이었다.

7년!

처벌 기간을 생각하는 것만으로도 숨이 막혔다. 7년 동안 언제 불려 갈지 모를 두려움과 불안에 떨며 살아야 하는 것이다.

도윤이는 초록색 벽을 노려보았다. 자신이 처벌 의자에 묶여

몸을 떨고 몸부림치며 우는 모습을 그 아이가 보았을 것을 생각하니 수치스러웠다. 저 벽 너머에서 푹신한 소파에 편하게 앉아 자신의 모습을 쳐다보았을 그 아이를 생각하니 짜증이 폭발했다.

한 달 전 도윤이는 성추행죄에 대한 체험 형벌을 받았다.

가상 현실에서 도윤이는 커다란 구덩이에 빠졌다. 구덩이에는 바퀴벌레, 지렁이, 전갈, 뱀, 시궁쥐처럼 도윤이가 싫어하는 온갖 벌레와 곤충, 동물 들로 가득했다. 순식간에 바퀴벌레가 도윤이의 발에서부터 타고 올라와 머리끝까지 휘젓고 다녔다.

도대체 무엇인지 이름을 알 수 없는 축축하고 끈적끈적한 벌레가 도윤이의 몸 위로 올라왔다. 도윤이가 비명을 지르자 목구멍 속으로 벌레가 쑥 들어갔다. 깜짝 놀라 입을 다물자 몸통이 반 잘린 벌레가 뚝 떨어졌고 나머지 절반은 뱃속으로 꿀꺽 넘어갔다. 도윤이는 미친 듯이 구역질을 했다. 구역질을 하는데 커다란 파리가 날아와 콧구멍으로 쑥 들어갔다. 숨이 막혔다.

왼쪽 다리를 감싸는 차가운 느낌에 아래를 보니 뱀이었다. 도윤이는 미친 듯이 몸부림을 치며 구덩이에서 나오려고 애를 썼다. 진땀을 흘리며 죽을힘을 다해 겨우 빠져나왔다.

목이 미칠 듯이 말랐다. 때마침 옆에 물 한 컵이 놓여 있었다. 도윤이는 그것을 허겁지겁 마셨다. 구린내가 코를 찔렀다. 이상해서 물컵을 보니 물이 아니라 똥이었다. 구역질이 올라왔다. 뱃속의 모든 내장이 목구멍으로 빠져나올 것처럼 심하게 구역질을 했다. 그러다 발을 헛디뎌 다시 구덩이에 빠지고 위로 올라와 똥을 물로 착각하고 마시기를 반복했다.

체험 형벌이 끝나고 도윤이는 거칠게 항의했다. 자신이 한 행동과 이런 끔찍하고 징그러운 느낌을 주는 벌이 무슨 상관이 있는지 물었다. '법대로우'는 그 아이가 추행을 당했을 때 느낀 감정이며, 그날 이후 빈번하게 꾸는 꿈이라고 답했다.

체험 형벌이 끝나고 도윤이는 구덩이에 빠지는 꿈을 계속 꾸었다. 구역질을 하다 꿈에서 깨곤 했다. 밥맛도 뚝 떨어져 몸무게가 3킬로그램이나 빠졌다.

분노가 치솟았다. 처벌을 계속 진행할지, 미룰지를 그 아이가 결정하는 게 비위 상했다. 분노가 치솟는 와중에도 도윤이는 그 아이가 이제 처벌을 그만하겠다고 사면을 해 주어 체험 형벌이 끝나기를 간절히 바랐다. 동시에 사면을 바라는 자신이 초라해 견디기 힘들었다.

"할 거면 빨리 하라고! 사람 미치게 하지 말고!"

도윤이가 욕설을 퍼부었다.

30분 동안 휴식 시간을 갖겠습니다.

처음 처벌을 받을 때는 처벌 후 휴식 시간 없이 바로 집으로 가라고 했다. 휴식 시간을 갖는다는 것은 연이어 처벌을 진행하겠다는 뜻이다. 도윤이는 숨을 몰아쉬었다. 또 어떤 상황에 처하게 될지 두려웠다.

휴게실에서 대기하시기 바랍니다.

도윤이는 힘없이 나왔다. 다리가 풀려 넘어질 뻔한 도윤이를 아빠가 부축했다. 도윤이, 엄마, 아빠, 세 사람은 집행관의 안내를 받아 휴게실로 갔다. 집행관은 문을 닫고는 문밖에 서 있었다. 왜 문을 닫는지 의아해하는데 비명 소리가 들렸다. 그 소리는 마치 팔다리를 마취 없이 생으로 잘라 낼 때 날 것만 같은 고통스러운 비명이었다.

"으아악, 살려 줘요. 죽이지 마요. 으아악, 아파요. 미안해요. 제발 살려 줘요."

"안 훔칠게! 갚을게."

비명 소리는 사방에서 들렸다. 방 전체에 사람들이 지르는 고통스러운 비명이 울렸다. 도윤이는 두 손으로 귀를 막았다. 엄마도 귀를 틀어막았다. 아빠는 당장이라도 눈이 튀어나올 것처럼 두 눈을 부릅떴다.

도윤이에게 휴식 시간을 준 것이 아니었다. 휴식을 위한 휴게실이 아니었다. 휴식 시간도 그 아이를 위한 것일 뿐 도윤이를 위한 것은 아니었다. 도윤이는 휴게실 문을 열려고 했지만 문은 열리지 않았다.

30분 동안 도윤이는 귀가 먹먹할 정도로 울부짖는 소리와 고통스러운 비명을 들어야만 했다.

30분은 길고 길었다. 정확히 30분이 지나자 문이 열렸다. 도윤이와 엄마, 아빠는 다시 처벌실로 들어갔다.

범죄번호 33하 3290 김도윤, 불법 촬영 및 유포죄에 대한 눈눈이이 체험 형벌 프로그램을 시작합니다.

도윤이는 다시 처벌 의자에 앉혀졌다. 엄마와 아빠는 맞은편 의자에 앉아 괴로움에 몸부림치는 도윤이를 보아야 했다. 무장한 경비원 네 명이 날카로운 눈으로 도윤이와 엄마와 아빠를 지켜보고 있었다. 도윤이의 손목과 발목에 다시 금속 고리가 채워졌다. 머리에 '오감'이 씌워졌다.

엄마의 흐느낌이 들렸다. 도윤이는 절대로 속지 않겠다고, 자신은 '김도윤'이라는 것을 절대로 잊지 않겠다고 다짐하며 계속 중얼거렸다.

"나는 도윤이야. 나는 김도윤, 김도윤, 김도윤."

평온한 마을이 나타났다. 초가지붕 아래 마루에 앉은 소녀가 보였다. 어머니가 소녀의 윤기 나는 검은 머리를 땋아 주었다. 어머니는 붉은 댕기를 소녀의 머리에 묶어 주고는 환하게 웃었다.

"초아야!"

뒤에서 아버지가 다정하게 웃으며 이름을 불렀다. 도윤이는 입을 꾹 다물었다.

"나는 초아가 아니야! 이건 가짜야. 나는 김도윤이야. 김도윤, 김도윤, 김도윤, 김도윤."

"어여쁜 내 딸 초아야!"

아버지가 다시 불렀다.

"김도윤, 김도……."

"초아야, 우리 예쁜 따님이 화가 나셨나? 이 애비가 불러도 대답을 아니 하시네. 아가, 초아야!"

그제야 소녀는 돌아보았다. 소녀가 활짝 웃었다.

"네, 아버지."

초아는 웃으며 아버지를 보았다. 사랑하는 사람들과 함께 있는 이 시간이 무척이나 평화롭고 행복했다.

"오랑캐가 쳐들어왔다! 오랑캐가 쳐들어왔어!"

평화는 순식간에 깨졌다. 마을은 쑥대밭이 되었다. 초아네 가족은 피난을 갔다. 초아는 숨을 헐떡이며 걸었다. 벌써 여러 날을 굶주린 채 피난을 가는지라 아버지도 어머니도 얼굴이 바짝 말랐다. 초아 역시 마찬가지였다. 그러나 가족이 모두 무사한 것만으로도 다행이었다.

어스름 저녁, 텅 빈 집에 몸을 숨겼다. 모두가 지쳐 잠든 사이, 어디선가 나타난 억센 손이 초아의 붉은 댕기를 잡아당겼다. 고요한 밤이 비명에 갈가리 찢어졌다. 아버지가 초아를 지키려다 오랑캐의 칼에 죽었다. 아버지의 몸에서 치솟은 붉은 피가 초아의 얼굴에 튀었다. 초아의 눈에서 핏물이 흘렀다. 어머니는 충격을 이기지 못하고 실신했다. 여러 명의 손이 초아의 댕기를 함부로 당겼다. 초아는, 아니 도윤이는 목이 쉬도록 비명을 지르고 몸을 비틀었다.

갑자기 주변이 바뀌더니 많은 여인들이 나타났다. 도윤이는 어디로 가는지 모른 채 여인들을 따라갔다. 그들 앞으로 강이 나타났다.

"이 강을 건너면 고향으로 갈 수 있어."

"가족들이 우릴 반길까? 수치스럽다 하진 않을까?"

"사람들의 눈길을 견딜 수 있을까?"

여인들이 소곤댔다. 여인들의 말끝에는 울음이 묻어났다. 그러나 누구도 소리내어 마음껏 울지 못했다.

그때 강가에 머리가 온통 하얗고 수염이 긴 노인이 나타났다.

"이곳에 들어가라."

노인은 강을 가리켰다.

'죽이려는 건가?'

도윤이는 겁에 질려 강을 보았다.

다 찢어진 노랑 저고리와 분홍 치마를 입은 여인이 흐느끼며 강에 들어갔다. 피가 묻고 더러운 다리를 감추려 찢어진 치마를 이리저리 여미던 여인이었다.

다행히 강은 물살이 세지 않았다. 강 한가운데로 들어가자 물은 여인의 허리께에 닿았다. 노인이 말했다.

"머리까지 강물에 푹 담갔다 일어나라."

여인은 머리까지 담갔다가 일어났다. 그러자 놀라운 일이 벌어졌다. 여인의 옷은 깨끗한 하얀 옷으로 바뀌었고 머리에는 하얀 천으로 만든 봉투 같은 것이 씌워져 여인의 얼굴이 가려졌다.

"되었다. 이제 고향으로 돌아가거라. 가서 행복하게 살거라. 너는 아무 죄가 없다. 고통을 견뎌 내고 살아주어 참으로 고맙다."

여인이 울음을 터뜨렸다. 눈물이 강과 합쳐져 흘러갔다. 여인은 울음을 멈추고 강을 건너 건너편으로 갔다. 그 발걸음이 가벼웠다. 다음 여인이 강으로 들어가라는 노인의 명에 따라 강으로 들어갔다. 비녀를 꽂은 여인이었다. 강 속에 머리까지 담그고 나자 그 여인도 아까의 여인과 똑같이 하얀 옷이 입혀지고 하얀 봉투로 얼굴이 가려졌다. 그 여인도 가벼운 걸음으로 강 건너편으로 갔다. 강을 건너기 전에는 제각각 구별되었던 여인들이 강을 건넌 후에는 누가 누구인지 알 수 없게 되었다.

도윤이도 강으로 갔다. 앞의 여인들이 그런 것처럼 도윤이도 강에 머리까지 담그고 일어났다. 그리고 서둘러 강을 건넜다. 고향으로 빨리 돌아가고 싶었다. 어머니는 어찌 되었는지, 아버지는 땅에 묻어 주었는지 궁금했다.

도윤이는 하얀 옷을 입은 여인들을 따라갔다. 모두들 발걸음이 가벼웠다. 도윤이의 발걸음도 가벼웠다. 하얀 봉투를 쓰고 있었지만 성긴 천이라 앞을 보는 데 지장이 없었다.

그때 누군가 도윤이에게 다가왔다. 도윤이가 피하려는데 그 사람은 휘청이며 도윤이와 부딪쳤다. 그 순간 도윤이의 얼굴에 씌워졌던 하얀 봉투가 벗겨졌다. 실수인 것 같았지만 실수가 아니었다. 도윤이는 그 사람이 손을 뻗어 봉투를 벗기는 것을 똑똑히 보았다.

따가운 시선이 느껴졌다. 도윤이는 자신을 뚫어져라 쳐다보는 사람들과 시선이 마주쳤다. 아이들이었다. 게임을 함께하던 아이, 그 아이의 사진을 나눠 보았던 아이들이 도윤이를 보며 웃고 있었다.

도윤이는 두 손으로 자신의 얼굴을 가렸다. 얼굴을 가린 손가락 사이로 찢어진 치마가 보였다. 어떻게 된 일인지 도윤이만 찢어진 옷을 그대로 입고 있었다. 찢어진 옷 사이로 맨살이 드러났다.

사람들이 모두 도윤이를 바라보았다. 구경이라도 난 것처럼 사람들이 점점 모여들었다.

"김도윤이다."

"저기 김도윤이다!"

사람들이 손가락질했다. 어디선가 돌이 날아와 도윤이의 얼굴을 맞췄다. 코피가 주르륵 흘렀다. 돌보다 날카로운 눈길을 피할 곳을 찾아 도윤이는 허둥거렸다. 손목과 발목에 파고드는 통증을 느꼈다.

"도윤아, 도윤아!"

도윤이는 자신을 애타게 부르는 소리를 들었다. 도윤이는 여전히 피할 곳을 찾았다. 하지만 하늘로도 땅으로도 어디에도 피할 곳은 없었다.

삭제하시겠습니까

유나는 잠결에 엄마가 부르는 소리를 들었다. 유나는 이불 속으로 깊게 파고 들어갔다. 엄마가 부르는 소리가 또 들렸다. 어서 일어나야겠다고 생각했지만 그것은 생각일 뿐 일어나지는 못했다. 느긋했던 아까와 달리 다급해진 엄마의 목소리에 유나는 잠결에도 미소를 지었다. 이제 엄마가 올 것이다. 언제나 엄마는 그랬다.

엄마는 아침이면 유나를 깨우고 집안일들을 하고 출근 준비를 하느라 늘 바쁘고 조급했다. 언니는 엄마가 부르기도 전에 일어나 학교에 갈 준비를 했지만 유나는 아침잠이 많아서 일어나기 힘들어했다. 엄마는 몇 번이나 유나를 부르며 깨우다 결국에는 종종걸음으로 유나의 방에 오곤 했다. 방에 오면 엄마는 유나의 귀에 입을 대고 속삭였다.

'우리 딸, 유나 씨, 어서 일어나요.'

귓가에 닿는 엄마의 숨소리가 간지러워서, 그리고 깨우러 왔으면서 행여나 깰까 봐 두려워하는 사람처럼 소곤대는 것이 우스워서 유나는 킥, 소리내어 웃었다. 그러면 엄마는 따뜻한 손으로 유나의 등을 쓰다듬어 주었다.

유나는 몸에 닿을 따뜻한 손을 기다렸다. 갑자기 차가운 물이 유나의 얼굴로 와락 쏟아졌다.

"으악!"

유나는 깜짝 놀라 벌떡 일어나다가 침대에서 굴러떨어졌다. 떨어지며 침대 옆 협탁에 있는 스탠드를 손으로 밀었고 그 바람에 스탠드가 우당탕 요란한 소리를 내며 떨어졌다. 다급한 발소리가 나더니 방문이 열렸다.

"유나야, 왜 그래? 무슨 일이야?"

아빠는 방바닥에 떨어져 움직이지 않는 유나 곁으로 다가와 걱정스러운 눈으로 살폈다. 언니도 유나방으로 달려왔다. 유나는 천천히 눈을 돌려 침대 위 스프링클러를 노려보았다.

유나의 시선을 따라 아빠도 방 천장에 있는 스프링클러를 보았다. 스프링클러에 맺혀 있던 물 몇 방울이 침대로 똑똑 떨어졌다. 아빠는 천장 모서리에 달린 CCTV로 시선을 옮겼다.

"유나야, 너는 중학교 2학년이나 됐는데 깨워도 못 일어나니?"

스피커로 엄마의 말소리가 들렸다. 아빠는 입을 꾹 다물었다.

얼마나 이를 꽉 깨물었는지 아빠의 턱이 울근불근 움직였다.

"유나를 깨우는 가장 효율적인 방법이야."

엄마가 다시 말했다.

"그렇다고 자고 있는 아이한테 물을 뿌려? 제발 생각 좀 해!"

아빠가 화를 냈다.

"생각 좀 하라고? 난 우리 가족 중 누구보다 제일 많이 생각해. 잠도 잘 필요가 없으니까 24시간 생각한다고."

"아이 마음을 헤아리라는 말이야."

답답한지 아빠의 언성이 높아졌다.

"마음? 지금 나한테 마음이 없다고 말하는 거야? 내가 죽어서 없으니까? 아니, 난 죽은 게 아니라……."

엄마는 늘 하던 말을 또 하려고 했다. 언니는 고개를 절레절레 저으며 방을 나갔다.

"알았어. 알았으니까 그만해."

아빠는 유나의 방을 나가며 거칠게 문을 닫았다.

딩동댕 딩동댕.

요리가 완성되었습니다.

삐―.

과열이 되니 온도를 낮춰 주시기 바랍니다.

파사삭, 팟팟.

자동 살균을 시작합니다.

문을 개방합니다.

끼익 드르르르.

토털 제어 시스템으로 엄마와 연결해 놓은 모든 물건에서 동시에 소리가 났다. 유나는 두 손으로 귀를 막았다. 엄마는 화가 나면 이렇게 화풀이를 했다. 커튼이 내려오기도 했고 자동 청소기가 평소와 달리 벽에 가서 쾅쾅 부딪히기도 했다. 빨랫감이 하나도 없는 세탁기가 홀로 돌았고 건조기는 뜨거운 열을 내뿜었다. 천장에 설치한 에어컨에서는 냉풍과 온풍이 번갈아 가며 나왔다. 그럴 때마다 유나는 모든 물건들이 자신을 공격하는 것 같아서 무서웠다.

"도대체 뭐 하는 거야!"

거실에서 아빠가 소리쳤다. 귀를 막고 있어도 아빠와 엄마가 싸우는 소리가 잘 들렸다. 유나는 벌떡 일어났다. 얼굴과 머리에서 물이 뚝뚝 떨어졌다. 유나는 쫓기는 사람처럼 가방에 머리빗과 화장품을 서둘러 담았다.

엄마가 죽었다 돌아온 후 아빠와 엄마는 자주 다투었다.

엄마는 죽었다. 그렇지만 엄마는 다른 방식으로 되살아나 우리 곁으로 돌아왔다.

엄마가 위독하다고 연락을 받은 것은 3년 전이었다. 유나는 그날을 어제 일처럼 생생하게 기억하고 있다.

3년 전 그날은 하늘에 구름 한 점 없이 맑은 토요일이었다. 집에는 유나와 엄마뿐이었다. 고등학교 2학년인 언니는 토요일인데도 공부를 하겠다며 이른 아침에 독서실로 갔다. 친구들과 등산을 간다며 아빠도 아침 일찍 집을 나갔다.

유나는 느지막이 일어나 한껏 게으름을 부리며 침대에 누워 친구들과 문자를 주고받고 있었다. 엄마가 유나의 방문을 열었다. 엄마는 티셔츠에 운동복 바지를 입고 문 앞에 서 있었다. 헐렁한 티셔츠 때문에 엄마의 쇄골이 드러나 붉은 장미 문신이 조금 보였다. 엄마는 공원에서 운동을 하고 오겠다고 했다.

집에서 찻길 두 개를 건너 15분쯤 걸어가면 공원이 나온다. 그 공원은 달리기나 걷기를 할 수 있게 따로 트랙이 마련되어 있어 엄마는 종종 그곳에 가서 운동을 하곤 했다. 유나는 엄마를 힐끔 보며 알았다고 하고는 다시 휴대 전화로 눈을 돌렸다.

유나가 친구들과 문자를 끝내고 휴대 전화를 막 내려놓을 때였다. 휴대 전화벨이 울렸다. 내내 문자를 하던 친구들 중 누군가가 더 이야기를 나누고 싶어서 전화를 걸었을 것이라고 생각했다. 유나는 생글거리며 전화를 받았다.

유나에게 전화를 한 사람은 유나의 예상과 달리 친구가 아니라 전혀 모르는 남자였다. 남자는 다급한 목소리였지만 정확하게 말했다. 교통사고가 나서 엄마가 위독하다고…….

유나는 조금도 놀라지 않았다. 새로운 피싱 수법인가 생각하며 '내가 이런 사기에 속을 것 같아?' 하고 속으로 비웃었다. 어서 다른 가족에게 연락하라는 말을 들었을 때도 아주 그럴듯하게 긴장감을 준다는 생각에 코웃음이 나오려고 했다. 한편으로는 '아무리 사기를 쳐도 그렇지, 다른 거짓말도 아니고 어떻게 엄마가 위독하다는 거짓말을 할 수 있지?'라는 생각에 화가 났다. 별다른 대꾸를 하지 않는 유나가 답답했는지, 남자는 다른 가족이나 어른을 찾았다. 그러고는 ○○병원 특수환자 관리실로 오라며 전화를 끊었다.

사기를 치는 전화라고 생각했음에도 유나의 마음에 불안이 진득하게 달라붙었다. 유나는 엄마에게 전화를 했다. 오랫동안 신호가 갔지만 엄마는 전화를 받지 않았다. 입술이 바짝바짝 말랐다. 유나는 전화를 끊었다가 다시 걸었다. 다행히 이번에는 전화를 받았다. 유나는 안도하며 엄마를 불렀다. 하지만 엄마가 아니었다. 전화를 받은 사람은 아까의 그 남자였다.

머리가 텅 빈 것 같았다. 아무 생각도 나지 않았다. 온몸에 거대한 진동기를 붙인 것처럼 덜덜 떨렸다. 유나가 전화를 끊자마자 전화벨이 울렸다. 언니였다.

"언니!"

엄마가 위독하다는 전화를 받고 거짓말이라고 생각했는데 진짜인 것 같다고 말하려고 했다. 하지만 '언니'하고 부르니 울음이 터졌다. 유나는 끅끅대며 울었다. 언니도 전화를 받았다고 했다.

언니 역시 유나가 그런 것처럼 전화를 받고 엄마에게 확인 전화를 했다고 했다.

유나는 언니와 통화를 끝내고는 남자가 말한 병원으로 갔다.

남자가 말한 특수환자 관리실은 응급실 옆에 따로 마련된 방이었다. 엄마가 응급실이 아니라 왜 특수환자 관리실에 있는지, 특수환자 관리실이라는 곳이 무엇을 하는 곳인지 유나는 궁금해할 틈도 없었다.

엄마는 한눈에 봐도 절망적이었다. 엄마 몸에는 약이 들어가는 주삿바늘과 기계와 연결된 줄들이 주렁주렁 꽂혀 있었다.

엄마가 누운 침대 발치 아래에 검은 양복을 입은 남자가 서 있었다. 남자는 손에 든 전자 패드만 아니라면 물끄러미 엄마를 바라보는 눈길과 머리부터 발끝까지 검은색으로 입은 차림새 때문에 죽음의 사신처럼 보일 터였다.

'삐이.' 하고 요란한 알림 소리가 났다. 의사가 일순 긴장하며 엄마에게 달려들었다. 엄마가 누운 침대 위에서 심폐 소생술 전용 로봇 팔이 내려왔다. 의사는 로봇 팔을 엄마의 가슴에 부착시켰다. 로봇 팔은 일정한 간격으로 엄마의 가슴을 눌렀다. 한참을 누르자 알림 소리가 멈췄다. 의사가 로봇 팔을 떼고 엄마를 살폈다. 1분도 지나지 않아 다시 '삐이.' 하고 소리가 났다. 로봇 팔을 다시 엄마의 가슴에 댔다. 로봇 팔은 일정하게 엄마의 가슴을 눌렸고 그 손에 맞춰 엄마의 가슴이 오르내렸다.

"얘, 혹시 너희 어머니시니?"

남자가 유나에게 다가와 물었다. 유나는 고개를 끄덕였다.

"아빠는 언제 오시니? 연락을 드렸는데 아직 안 오시네."

남자가 시계를 힐끔 보았다. 유나는 고개를 저으며 뒷걸음질을 쳐 문밖으로 나갔다. 자꾸만 말을 거는 남자가 유나는 무서웠다. 남자는 어깨를 으쓱하더니 더는 말을 걸지 않았다.

유나는 창백한 얼굴로 누워 있는 엄마가 낯설었다. 아까 운동 하러 간다고 말을 할 때 제대로 쳐다보지도 않았던 것이 후회가 되었다.

다급히 뛰어오는 발소리가 들렸다. 얼굴이 하얗게 질린 언니가 뛰어왔다. 언니는 엄마를 보더니 소리 내어 울었다. 의사는 가까 이 다가가는 언니를 제지하며 조용히 하라고 했다. 그래도 언니 는 엄마에게 다가가려고 했다. 남자가 손을 휘휘 저으며 언니를 밀어냈다. 밖으로 밀려난 언니는 유나를 끌어안고 흐느꼈다. 울지 도 못하고 내내 굳어 있던 유나는 그제야 울음을 터뜨렸다.

한참 만에 아빠가 숨을 헐떡이며 뛰어왔다. 손에 든 등산 배낭 이 마구 흔들렸다.

"선생님, 제발 살려 주세요."

아빠는 의사를 보자마자 의사 손을 잡고는 애원했다. 의사는 건조한 목소리로 심폐 소생술을 했지만 엄마의 심장은 스스로 뛰지 않는다고 말했다. 지금 로봇 팔이 억지로 심장을 뛰게 하고 있지만 로봇 팔을 떼면 엄마의 심장은 바로 멈출 것이라고 했다.

아빠는 로봇 팔 곁으로 다가섰다. 마치 엄마의 심장을 뛰게 하는 로봇 팔을 누구도 떼지 못하게 지키려는 것처럼 보였다.

의사는 아빠에게 결정하라고 했다. 아빠는 넋이 나간 얼굴로 무엇을 결정하라는 거냐고 되물었다. 의사는 당신이 말할 차례라는 듯 남자를 쳐다보았다. 남자가 아빠에게 다가왔다.

"안녕하십니까. 저는 커넥톰 코리아 어드바이저 윤수호입니다."

아빠는 남자에게는 눈길도 주지 않고 오로지 엄마와 엄마의 가슴을 누르는 로봇 팔을 보고 있었다.

"아버님, 잠시 조용한 곳에 가서 저랑 이야기 좀 나누시죠."

남자가 아빠에게 권했다. 아빠는 짜증을 숨기지 않았다. 아빠의 두 눈썹이 날카롭게 찌푸려졌다.

"박세란 님을 위해 몹시 중요한 이야깁니다."

그제야 아빠의 표정이 조금 누그러졌다. 유나는 엄마를 위한 몹시 중요한 이야기가 뭔지 궁금해 남자를 뚫어지게 보았다.

"내가 자리를 비운 사이에 혹시라도 아내에게 무슨 일이 생기기라도 하면……."

아빠의 말이 끝나기도 전에 남자가 말했다.

"그런 일은 없습니다. 저와 이야기를 나누는 동안 로봇 팔이 심폐 소생술을 멈추는 일은 절대 없으니 안심하십시오."

남자의 확신에 찬 말에 아빠는 미심쩍은 눈으로 의사를 보았다. 의사는 고개를 끄덕였다.

남자는 중요한 일이니 가족 모두 함께 들어야 한다고 했다. 유나는 아빠, 언니와 함께 남자를 따라 병원 3층에 있는 특별서비스 상담실로 갔다.

상담실은 방 전체가 온통 하얀색이었고 기다란 탁자와 여덟 개의 의자가 놓여 있었다. 남자의 맞은편에 유나, 아빠, 언니가 나란히 앉았다.

"박세란 고객님께서 저희 커넥톰 코리아의 컴백어게인 서비스에 가입하신 것을 알고 계시지요?"

"네? 제 아내가 뭘 가입했다고요? 컴백어게인요? 그게 뭔데요?"

아빠가 되물었다. 남자는 종종 겪는 일인지 당황하지 않았다.

"아, 모르시나 보군요. 아버님, 저희 커넥톰 코리아에 대해서는 알고 계시는지요?"

남자가 물었다. 아빠는 고개를 저었다. 아빠는 유나와 언니에게 혹시 알고 있었냐고 묻는 듯 쳐다보았다. 유나는 고개를 저었다.

"그럼 저희 회사에 대해서 먼저 소개를 해야겠군요. 사실 저희 회사가 신생 회사라 잘 모르시는 분이 많죠."

"저, 지금 제가 그런 소개를 들을 만큼 한가하지 않습니다."

아빠는 몸을 반쯤 일으켰다. 유나도 아빠를 따라 몸을 일으켰다. 남자가 말을 이었다.

"설명을 들으셔야 합니다. 박세란 님을 다시 되살려 집으로 되돌아오게 하느냐, 마느냐 하는 몹시 중요한 상황입니다."

엄마가 다시 살 수 있다니, 유나는 의자에 앉으며 아빠의 팔을 힘껏 잡아당겼다. 아빠는 얼른 의자에 앉았다.

"마인드 업로딩에 대해서는 아십니까?"

남자의 말에 아빠는 또 고개를 저었다.

"우리 인간의 뇌는 대략 860억 개 이상의 뉴런과……."

남자의 긴 설명을 요약하면 이랬다.

오랫동안 사람들은 영원히 살기를 바라며 컴퓨터 속에 의식을 옮기는 방법을 연구했다. 생물의 뇌를 컴퓨터상에 재현하기 위해서는 뇌 속에 있는 신경 세포들의 연결을 종합적으로 표현한 뇌 신경 회로도가 필요하다. 컴퓨터의 비약적인 발달로 인간의 뇌신경 회로도가 거의 완성되었고 인간의 의식을 컴퓨터상에 옮길 수 있게 되었다…….

"지금은 사망자만 컴퓨터에 옮긴 의식을 활성화할 수 있습니다만, 미래에는 살아 있는 사람의 의식도 컴퓨터에 옮기고 그렇게 옮긴 의식을 다시 또 사람에게 옮길 수도 있게 될 겁니다."

남자의 설명에도 유나는 무슨 말인지 이해할 수 없었다.

"파일을 복사해서 전송한 경험이 있으시죠? 다른 컴퓨터에서 그 파일을 열어도 원본 파일과 같잖아요."

남자는 엄마의 뇌, 그러니까 뇌 속에 든 기억, 감정 등을 파일 복사하듯 복제해서 컴퓨터로 전송하고 컴퓨터에서 열어 실행한다고 생각하면 쉽게 이해될 것이라고 했다.

"저희 커넥톰 코리아에서 한국 최초로 하는 사업입니다."

뇌신경 회로도가 완성되어 인간의 의식을 옮기는 일이 이론상 가능해졌지만, 아직 사람을 대상으로 실험을 하지 않았고 쉽게 할 수 있는 실험도 아니라고 남자는 말했다.

"저희 사장님께서 과감한 결정을 하신 거죠."

남자가 으스댔다.

"박세란 님은 수요일마다 주기적으로 오셔서 뇌 스캔을 하셨습니다."

남자의 말에 아빠는 고개를 갸웃거렸다. 유나는 문득 짚이는 일이 있었다.

"아빠, 엄마가 수요일마다 일이 있다고 늦게 왔어."

엄마는 저녁 식사 시간에 맞춰 집에 와서 유나와 함께 밥을 먹으려고 항상 노력했었다. 그런데 언젠가부터 엄마가 유나에게 수요일에 일이 있어 늦으니 기다리지 말고 저녁밥을 먹으라고 했다. 언니와 아빠는 대체로 집에 늦게 오기 때문에 엄마가 수요일마다 늦게 오는 것을 잘 몰랐다.

"도대체 그런 걸 왜 했지?"

아빠는 또 유나와 언니를 번갈아 보며 물었다. 유나는 고개를 저었다. 언니도 고개를 저었다.

"아, 제가 찾아볼게요. 회원님들이 가입하실 때 가입 동기를 적는 칸이 있거든요."

남자는 패드를 살펴보았다.

"컴백어게인 서비스 가입 동기에 대해서 이렇게 기입하셨네요. 항상 아이들에게 좋은 엄마가 되고 싶다. 혹시 내가 일찍 세상을 떠나도 아이들에게 엄마의 부재를 느끼게 하고 싶지 않다. 아이들과 남편이 내가 없어도 괜찮다고 할 때까지 그 곁에 머무르고 싶다."

"아, 엄마!"

유나의 입에서 탄식이 흘러나왔다.

좋은 엄마가 되는 것, 그건 엄마의 꿈이었다. 엄마는 언니가 태어난 후 언니를 잘 돌보기 위해 다니던 회사를 그만두었다. 그리고 유나가 열 살이 될 때까지 전업주부로 지내며 언니와 유나를 돌보았다. 유나가 열한 살이 되었을 때 엄마는 재취업을 했다. 엄마는 회사에 다니면서도 좋은 엄마가 되기 위해 부단히 애를 썼다.

"엄마는 정말 좋은 엄마야. 최고의 엄마였어."

언니 눈에서 눈물이 줄줄 흘러내렸다. 유나는 최고의 엄마였다는 과거형의 말에 가슴이 서늘해졌다.

좋은 엄마가 되고 싶다는 엄마의 꿈은 할머니에 대한 그리움 때문에 생긴 것이다. 엄마는 늘 일찍 돌아가신 할머니를 그리워했다.

엄마는 할머니의 체취가 배어 있는 옷, 할머니가 쓰던 화장품 같은 유품들을 소중히 간직했다. 하지만 시간이 지나면서 할머니의 체취는 사라지고 물건은 망가졌다. 할머니와 함께 나눈 추억, 목소리 같은 것들을 영원히 기억하려고 했지만 기억은 손에 쥔 모래처럼 시간과 함께 줄줄 흘러내렸다. 엄마는 기억을 잊지 않으려는 노력을 '고생'이라고 표현했고 그리움에 지쳐 때때로 할머니를 원망했다. 그러면서 좋은 엄마가 되는 여러 조건에 자식이 더이상 엄마가 필요 없을 때까지 오래 사는 것도 포함했다.

"엄마는 우리가 기억을 잊지 않으려고 고생을 하는 게 싫었던 거야."

언니가 중얼거렸다.

"맞습니다. 이렇게 해 놓으면 기억을 찾으려 애를 쓸 필요가 없죠. 영원히 사는 셈이니까요."

남자가 맞장구를 쳤다.

"아, 그리고 가입 동기를 하나 더 적어 놓으셨네요. 때마침 할인을 하니 기회를 놓치지 않고 가입 신청을 합니다. 박세란 고객님이 유머가 있으신 분이네요. 하하하."

장소와 어울리지 않는 밝은 웃음이 생뚱맞다 못해 경망스러웠다. 남자도 뒤늦게 자신의 잘못을 깨달았는지 얼른 웃음을 거두었다. 남자는 한껏 진지하게 가격을 설명했다.

"아까도 말씀드렸다시피 의식을 컴퓨터에 업로드하는 것은 아직 대중화된 것이 아니어서 비용이 좀 비싼 편입니다."

하지만 컴백어게인 서비스 출시 기념으로 홍보를 위해 정가의 20% 가격으로 세 명에게만 선착순 판매를 했고 엄마는 세 번째 신청자라고 했다.

"하여튼 이제 컴백어게인 서비스를 받으실지 말지 가족의 결정만 남았습니다."

남자는 아빠와 유나, 그리고 언니를 차례차례 보며 눈을 맞추었다.

"해요. 해."

유나는 아빠의 팔을 잡고 흔들었다. 엄마가 되돌아온다는데 반대를 할 이유가 없었다.

"아내의 뇌가 보관되는 겁니까?"

아빠의 물음에 남자는 고개를 저었다.

"그렇다면 결국 아내가 돌아오는 것은 아니지 않습니까? 몸은 죽음을 맞고 돌아오는 건 아내의 의식뿐이지 않나요? 정말 아내의 의식이 제대로 옮겨진 건지 알 수 없고, 엄밀히 따지면 그나마도 복제한 것일 뿐인데……."

아빠는 망설였다.

"그렇기는 합니다만, 아내랑 영원히 이별한다고 생각해 보세요. 엄마를 보고 싶어도 볼 수 없고 목소리가 듣고 싶을 때 들을 수도 없는 자녀들을 한번 생각해 보세요."

남자는 가족과의 이별이 얼마나 슬픈지 구구절절 늘어놓았다. 유나는 애가 탔다.

"아빠! 엄마가 돌아온다는데 왜 망설여?"

"믿을 수가 없어서 그래. 의식을 복제해 컴퓨터에 전송한다니, 그게 정말 엄마가 맞을까?"

아빠는 유나와 언니를 번갈아 보았다.

"무슨 말이야. 엄마 맞지."

언니가 대답했다.

유나는 발을 동동 굴렀다. 엄마가 그랬던 것처럼 엄마의 유품을 안고 엄마를 기억하는 것보다는 복제된 엄마의 정신일망정 엄마를 곁에 두고 싶었다.

아빠가 남자에게 물었다.

"혹시라도 무슨 문제가 생기지 않습니까? 그러니까, 그러니까……."

아빠는 어쩌면 발생할지도 모를 문제에 대해 물으려 했지만, 정확히 어떤 문제가 발생할지 상상할 수 없었기에 묻지 못했다.

"문제가 생기지도 않지만 생긴다 해도 문제가 되지 않습니다. 그냥 삭제하면 되니까요. 이렇게요."

남자는 손에 들고 있던 패드를 테이블에 올려놓았다. 그리고 패드 화면을 켰다. 화면에 가득 차 있는 작은 아이콘들 중 '직장인을 위한 점심 맛집'이라는 아이콘에 3초쯤 손가락을 댔다.

그러자 '삭제하시겠습니까?'라는 대화 상자가 나오고 그 아래에 '예.'와 '아니요.'가 떴다. 남자가 '예.'를 누르자 점심 맛집 아이콘은 사라졌다.

아빠가 계속 망설이자 남자가 물었다.

"혹시 비용 때문에 그러십니까?"

남자는 2년 동안은 추가 비용을 내지 않는다고 했다. 2년이 지난 후에는 1년 단위로 재계약을 하니 사용해 보고 서비스를 더 받을지 말지를 결정하면 된다고 했다.

"박세란 님은 애석하게도 이제 곧 돌아가실 겁니다. 하지만 서비스를 받으시면 집으로 컴백어게인 하실 수 있는 거고요."

남자는 고개를 들어 벽에 붙은 시계를 보았다.

"시간이 없습니다."

유나와 언니가 거의 동시에 소리쳤다.

"아빠! 사인해요."

"제발!"

아빠는 움찔했다. 남자가 패드를 내밀자 아빠는 사인을 했다.

커넥톰 코리아에서 병원으로 특수 차량을 보냈다. 엄마는 휴대

용 심폐 소생기를 가슴에 단 채 특수 차량으로 옮겨져 커넥톰 코리아로 갔다. 유나는 언니와 아빠와 함께 차를 타고 따라갔다.

커넥톰 코리아는 겉보기에는 일반 건물같이 생겼지만, 그 안에는 사무실과 상담실, 수술실과 배양실, 연구소, 그리고 영안실이 있었다.

엄마는 지하 1층에 있는 수술실로 들어갔다. 그리고 남자의 안내를 받아 유나와 언니, 아빠는 2층에 있는 가족 대기실로 갔다. 가족 대기실에는 크고 푹신한 소파가 있었고 한쪽벽에 전광판이 있었다. 그 전광판에는 '박세란 님, 최종 스캔 중'이라고 나와 있었다.

"이 작업은 시간이 좀 걸립니다."

남자는 말이 많은 사람이었다. 덕분에 사람들이 컴백어게인 서비스를 반신반의하여 많이 신청하지 않는다는 것과 뇌신경 회로도가 완성되었다고는 하지만 아직 100% 완전히 완성된 것은 아니라는 점도 알게 되었다. 남자는 컴백어게인 서비스 가입자의 다양한 가입 동기에 대해서도 떠들었다.

유나는 죽음이 가득한 이곳에서 끊임없이 산 사람의 목소리를 내는 남자가 고맙기도 했고, 머리가 깨질 것같이 아파서 조용히 하라고 소리치고 싶기도 했다.

"컴백어게인 서비스를 신청하신 고객님에게는 장미꽃 문신을 해 드립니다."

남자의 말에 유나는 엄마의 쇄골 아래에 새겨진 문신을 떠올렸다. 문신은 줄기가 긴 장미꽃이 가로로 누운 모양이었다. 특이한 점이 있다면 줄기에 가시가 많다는 것이었다. 가시를 그리지 않을 수 있었을 텐데, 굳이 가시를 그려 넣은 것이 의아했지만 엄마에게 묻지는 않았다.

"가시는 사실 바코드예요."

남자가 말했다. 컴백어게인 서비스를 신청한 사람들 중 혹시라도 엄마처럼 갑작스러운 사고를 당한 경우 바코드를 스캔하면, 커넥톰 코리아에 연락이 가는 동시에 뇌를 스캔해야 하므로 가능한 한 생명을 연장해 달라는 내용이 뜬다고 했다. 이것이 남자가 가족들보다도 더 빠르게 병원에 올 수 있었던 이유이기도 했다.

"몸도 다시 돌아올 수 있다면 얼마나 좋을까요?"

의식을 살릴 수 있다면서 왜 몸은 살릴 수 없는지 유나는 안타까웠다.

"상상해 봐요. 몸이 살아나서 아무도 죽지 않으면 이 지구가 어떻게 되겠어요?"

남자는 죽지 않는 사람들로 가득 찬 지구는 사람들을 감당하지 못해 다른 행성으로 이주를 하든, 아이들을 낳지 않든 해야 할 거라고 했다. 죽어도 살아날 수 있으니 사람들은 삶의 소중함도 모를 것이고 어쩌면 자살이나 살인을 가볍게 생각할지도 모른다고 했다.

그때 벽에 달린 전광판의 글자가 바뀌며 불빛이 깜박거렸다.

'박세란 님 스캔 완료.'

남자가 엄마의 심장이 이제 완전히 멈췄다고 말했다. 그 말에 호응이라도 하듯 전광판의 글자가 바뀌었다.

'박세란 님의 명복을 빕니다.'

엄마의 뇌를 스캔하는 동안 잠시 유보됐던 슬픔이 덮쳐 왔다. 아빠는 헉, 하는 신음 소리를 냈다. 유나는 언니와 껴안고 흐느꼈다.

"너무 슬퍼하지 마십시오. 두 달만 기다리시면 다시 엄마를 만날 수 있습니다."

남자가 말했다.

남자의 말처럼 정확히 두 달 후 엄마가 돌아왔다.

두 달 후 커넥톰 코리아에서 파란 점퍼를 입은 남자가 납작한 박스를 가지고 왔다. 남자는 조심스럽게 박스를 내려놓으며 커넥톰 코리아의 브링백 설치 전문기사라고 자신을 소개했다. 기사가 박스에서 꺼낸 것은 파란색 모니터였다.

"모니터처럼 보이지만 이건 브링백이라는 기계입니다. 이 기계가 박세란 고객님을 다시 집으로 모셔 올 겁니다."

커넥톰 코리아의 메인 서버에 엄마의 의식을 복제한 원본이 있고 브링백에 복제본을 설치해 가지고 왔다고 기사는 말했다.

"아내가 또 있다는 거예요?"

아빠가 날카롭게 물었다.

"아, 백업 파일 같은 겁니다. 안전한 게 제일이죠."

기사는 대수롭지 않게 대답했다. 엄마가 또 있다는 생각을 하니 기분이 이상했지만 유나는 애써 그 생각을 지웠다.

기사는 브링백을 놓을 적당한 자리를 찾아 두리번거렸다. 아빠가 조용히 안방 문을 열었다. 아빠는 되돌아올 엄마를 위해 엄마가 책상으로 쓰던 커다란 테이블을 미리 정리해 놓았다.

"토털 제어 시스템은 설치하셨죠?"

기사의 말에 아빠는 고개를 끄덕였다.

엄마의 장례가 끝나고 커넥톰 코리아의 안내에 따라 모든 가전제품과 잠금장치는 물론 전원장치까지 집 안의 모든 물건을 제어할 수 있는 토털 제어 시스템을 새로 설치했다. 적지 않은 비용이 들었지만, 그렇게 하면 집 안에서 엄마가 좀 더 자유롭게 활동할 수 있다고 해서 고민하지 않고 설치했다. 엄마의 눈과 입 역할을 할 CCTV와 스피커도 거실과 안방에 설치했다. 기사는 능숙하고 빠른 솜씨로 브링백의 초기 화면을 터치하며 토털 제어 시스템과 연결했다. 잠시 후 '토털 제어 시스템 연결 완료'라는 문자가 뜨고 검은 화면에 시작 버튼이 생성되었다.

기사가 시작 버튼을 눌렀다.

유나는 아빠와 언니와 함께 떨리는 마음으로 브링백을 뚫어져라 쳐다보았다. 브링백에서 '뚜우, 뚯뚯뚯뚯' 하는 소리가 나더니 검은 화면에 엄마의 얼굴이 나타났다. 그건 엄마를 찍은 사진을 자료로 인공지능이 다시 재구성해 만들어 낸 것이었지만, 유나는 엄마를 다시 만난 듯 반가웠다. 기사는 대화의 내용과 감정에 따라 엄마의 얼굴이 다양한 표정을 지을 것이라고 알려 주었다. 화면 속 엄마는 잠을 자는 것처럼 눈을 감고 있었다.

"박세란 고객님, 댁에 돌아오셨습니다."

아무 소리도 들리지 않았다. 유나는 기사를 보았다. 집에 오기 전 엄마에게 미리 설명은 했지만 아무래도 혼란스러울 것이라며 기사는 가족들에게 엄마를 불러 보라고 했다.

"…… 엄마!"

유나가 떨리는 목소리로 엄마를 불렀다.

"엄마, 대답 좀 해 봐. 엄마, 나 해나야."

언니도 연신 엄마를 불렀다. 아빠도 엄마를 불렀다.

"유나, 해나? 유나야, 해나야! 여보?"

엄마의 목소리에 유나와 언니는 브링백으로 와락 달려들었다. 엄마가 진짜 눈앞에 서 있다면 힘껏 안았을 텐데 그러지 못하고 대신 두 손으로 브링백을 꼭 움켜잡았다.

"당신이야? 정말 당신이야?"

아빠가 흥분해서 소리를 높였다. 가족들은 계속 서로를 불렀고 다시 만난 기쁨에 흐느꼈다. 화면 속 엄마가 눈물을 흘리며 유나에게 손짓을 했다.

“유나야, 울지 마, 엄마한테 와. 이리 와.”

유나는 멈칫했다.

“유나야, 어서 와. 유나야.”

엄마는 계속 유나에게 오라고 했다. 불안한 마음이 들었다. 유나는 기사를 보았다.

“몸이 없다는 사실을 아직 받아들이지 못하고 계세요.”

집으로 오기 전, 커넥톰 코리아에서 엄마를 몇 번 연결해 대화를 나누었다고 했다. 그런데 엄마는 여전히 몸이 있다고 착각하고 있다고 했다.

“흔한 초기 반응입니다. 걱정 마세요.”

기사는 가족들을 보며 안심을 시키고는 조금 목소리를 높여 천천히 말했다.

“박세란 고객님, 이미 설명을 드렸던 것처럼 고객님은…….”

그때 엄마의 흐느낌이 들렸다. 화면 속 엄마는 눈물을 뚝뚝 흘리고 있었다.

“알아요, 알아. 하지만 난 지금 몸이 있는 거 같다고요. 가족들도 다 보이고 다 들리고 말할 수 있는데, 몸이 없다는 걸 어떻게 믿을 수 있겠어요? 오랫동안 머리를 못 감아서 머리가 가려워요. 가슴도 찢어지도록 아프고, 머리도 깨질 것처럼 아파요. 몸이 없는데 어떻게 이렇게 생생하게 감각을 느낄 수 있죠?”

엄마가 울먹였다.

"엄마, 울지 마."

유나는 안타까웠다. 엄마가 있다면 엄마를 안고 얼굴의 눈물을 닦아 주었을 텐데, 지금은 엄마에게 해 줄 수 있는 것이 아무것도 없었다.

"자식도 만질 수 없다니. 이게 산 거니? 죽은 거나 마찬가지야."

"아냐, 엄마는 산 거야. 이렇게 우리 곁에 있잖아."

언니는 화면에 나온 엄마의 얼굴을 손으로 천천히 쓰다듬었다.

"여보, 당신이 이렇게라도 돌아와서 참 다행이야. 몸은 없지만 이렇게 함께 있잖아. 우리, 좋은 것만 생각합시다."

아빠가 코를 훌쩍거리며 말했다.

"맞아, 엄마는 무조건 엄마야."

유나의 말은 진심이었다. 몸이 있건 없건 전혀 상관없이 엄마는 엄마다.

"나 너무 혼란스러워."

화면 속의 엄마는 이맛살을 찌푸리고 있었다.

"괜찮습니다. 시간이 지나면 컴퓨터 속에 있다는 것을 인지하시고 익숙해지실 겁니다."

기사는 장담했다.

"엄마, 이렇게 생각해. 엄마는 사고가 나서 몸을 다쳤어. 죽을 뻔했지만 다행히 새 몸을 얻은 거야. 네모나고 파란 새 몸을!"

언니의 말에 기사는 엄지손가락을 치켜올리며 좋은 생각이라고 말했다.

"우리 해나는 항상 긍정적이지."

화면 속의 엄마는 싱글거리며 웃고 있었다.

아빠는 조심스럽게 엄마에게 어디까지 기억이 나는지 물었다. 엄마의 기억은 사고 전까지만 있었다.

사고가 나던 그날, 엄마는 공원으로 가는 두 번째 횡단보도에서서 빨간 신호등이 초록색으로 바뀌기를 기다렸다. 신호등이 초록색으로 바뀌는 것을 보고 서둘러 건넜다. 엄마는 거기까지만 기억했다. 엄마는 초록색 신호등에도 멈추지 않고 달려오던 차를 기억하지 못했다.

엄마는 죽었다는 사실에 억울해했다가, 이렇게라도 살아서 가족을 만난 것을 다행이라며 기뻐했다가, 가족들을 만질 수조차 없는데 이렇게 살아 있는 것이 무슨 소용이 있냐며 슬퍼했다. 가족들도 엄마를 따라 기뻐하고 슬퍼하기를 반복했다.

감정이 요동치는 공간에서도 기사는 차근차근 제 할 일을 했다. 모든 일을 마치고 집을 나가는 기사에게 유나는 정수리가 땅에 닿도록 인사를 했다. 엄마를 데려다준 기사가 진심으로 고마웠다.

현관문을 열던 기사가 멈칫거렸다.

"가족들의 지치지 않는 마음, 변함없는 마음이 필요합니다."

기사의 말에 유나는 웃었다. 엄마에 대한 마음은 절대로 지치지도 변하지도 않을 것이라고 자신했다.

기사의 말처럼 엄마는 시간이 흐르며 서서히 안정을 찾았다. 엄마는 브링백 안에서 토털 제어 시스템을 통해 집 안의 물건들을 움직이고 통제하기 위해 고군분투했고 시간이 지나며 능숙해졌다. 엄마는 아빠나 언니의 아이디로 인터넷의 연결망에 들어가 쇼핑을 하기도 했다.

엄마가 바깥세상에 접속을 하는 것은 커넥톰 코리아의 제어를 통해서만 가능했다. 아빠는 엄마를 왜 제어해야 하는지 물었다. 혹시라도 엄마가 다른 집의 사생활까지 간섭하거나 통제하고 마음대로 변경하면 안 되기 때문이라는 대답을 들었을 때 온 가족은 웃었다.

"그러니까 엄마가 영화에 나오는 악당처럼 지구를 통제하고 사람들도 통제하고 못된 짓을 할까 봐 그런다는 거지?"

언니의 말에 가족들은 또 한바탕 웃었다. 엄마가 얼마나 좋은 사람인지 커넥톰 코리아에서 몰라서 그러는 거라고 유나가 말했을 때 아빠와 언니는 고개를 끄덕였다.

가족에 한정된 일이라면 엄마는 거의 대부분의 일을 할 수 있었다. 엄마는 유나가 다니는 학교에 전화를 걸어 선생님과 상담할 수 있었고, 학교 성적도 학부모 자격으로 열람할 수 있었다. 그리고 가족들의 휴대 전화도 끄고 켜고 걸고 차단까지 할 수 있었다. 모두 가족이 동의하고 비밀번호를 알려 주고 접근 권한을 주었기 때문에 가능한 일이었다.

엄마는 가족을 더 잘 보고 싶다며 밤에도 볼 수 있는 적외선 기능이 있는 CCTV를 집으로 배달시켰다. 아빠는 엄마가 원하는 모든 곳에 CCTV를 달았다. 엄마의 요구를 들어주지 못할 이유가 없었다. 물론 화장실과 욕실에까지 CCTV를 달라고 했을 때는 조금 부끄러웠지만 그래도 괜찮았다. 아빠는 집 안 곳곳에 스피커도 설치했다. 이제 엄마는 모든 방을 볼 수 있었고 각 방에 설치된 스피커로 말을 할 수 있었다.

엄마가 브링백으로 들어온 후 더 좋은 점도 있었다. 빈집에 홀로 있지 않아도 되는 것이, 엄마가 바쁘지 않은 것이, 24시간 늘 엄마가 옆에 있는 것이, 유나는 좋았다.

가족들은 저녁이면 브링백 앞에 모였다. 아빠는 회사에서 있었던 일을, 유나와 언니는 학교에서 있었던 일부터 친구들과의 일까지 모든 것을 말했다. 덕분에 엄마가 살아 있을 때보다 서로가 서로에 대해서 더 자세히 알게 되었다.

브링백 속의 엄마는 잠을 잘 필요도 없었고 지치지도 아프지도 않았다. 유나는 밤늦도록 엄마와 이야기를 나누었다. 엄마는 살아 있을 때처럼 내일 출근해야 한다며 미안해하면서 유나의 말을 끊지 않았고 유나의 말을 듣다 졸지도 않았다.

아침이면 엄마는 각 방의 스피커로 이름을 불러 깨웠다. 엄마가 온라인으로 장을 본 식재료가 새벽이면 현관문 앞에 놓여 있었고 가족들에게 필요한 물건들이 배달되었다. 엄마는 매일 아침 아빠가 입고 나갈 옷을 정하고 무엇을 요리해 먹을지도 정했다. 아빠는 엄마의 감독하에 어떤 날은 된장찌개를 끓였고 어떤 날은 새우튀김을 만들었다.

그렇게 두 해가 지났다. 서비스 재계약을 하겠냐는 검은 양복을 입은 남자의 전화가 왔다. 아빠는 언니와 유나에게 의견을 물었다. 행복하기만 했던 처음의 마음과 달리 미세하게 금이 가는 기분이었지만 유나는 별다른 말을 하지 않았다. 아빠는 1년 재계약을 했다.

재계약하고 며칠 지나지 않아 엄마가 돌아온 후 처음으로 유나는 엄마에게 화를 냈다. 그 이유는 문자 때문이었다.

유나는 엄마가 CCTV로 자신을 본다는 것은 알았지만 친구들과 주고받는 문자까지 볼 거라고 생각하지 않았다. 친구들과 문자를 주고받다 맞춤법이 틀렸다는 엄마의 말에 유나는 깜짝 놀랐다. 문자를 보지 말아 달라는 유나의 부탁도 소용없었다. 엄마는 여전히 유나의 문자를 보고 비속어를 쓰지 말아라, 그런 말을 하는 친구들이랑 놀지 말아라, 하며 사사건건 참견을 했다.

엄마가 유나에게만 그런 것은 아니었다. 다른 가족에게도 마찬가지였다. 언니는 감시를 당하는 기분이라고 하소연했다. 그리고 아빠와 엄마가 처음으로 다투었다.

회사에 간 아빠가 엄마의 전화를 받지 못한 일이 있었다. 엄마는 아빠에게 자주 전화를 걸었는데, 그날은 아빠가 급한 회사일로 정신이 없어 전화를 받지 못한 것이다. 엄마는 아빠에게 백열세 번이나 전화를 걸었다. 살아 있을 때의 엄마라면 그렇게 하지 못했을 것이다. 그러나 컴퓨터 속의 엄마는 집안일을 하고 유나에게 잔소리를 하며 동시에 200분 동안 백 번이 넘는 전화를 걸었다. 그 일로 아빠는 엄마에게 화를 냈고 두 사람은 말다툼을 했다.

"불안하고 궁금해서 그러지. 밖에서 무슨 일이 있는지 알 수도 없고……. 내가 몸이 없으니까 무슨 일이 생기기라도 하면 도와줄 수 없잖아."

엄마는 자신이 알지 못하는 것들에 대해 불안해하는 것 같았다. 그 불안을 잠재우기 위해 가족들을 완벽히 통제하는 방법을 택한 것 같았다.

문제는 또 있었다.

가족이 잠들고 고요한 밤이 되면 엄마는 홀로 깨어 있어야 하는 시간을 견디지 못했다. 엄마는 유령처럼 이 방, 저 방의 불을 켰다 끄고 켰다 끄며 가족들 잠을 깨우고 말을 걸었다.

엄마는 처음에 아빠에게 말을 걸었다. 한동안 아빠는 엄마의 이야기를 열심히 들었다. 며칠이 지나자 엄마의 이야기를 듣다 코를 골며 잠이 들었다. 그러자 엄마는 언니에게 말을 걸었고 그다음으로 유나에게 말을 걸었다.

유나는 쏟아지는 잠을 참으려 애를 쓰며 엄마의 이야기를 들었다. 엄마의 이야기는 새벽이 올 때까지 끝나지 않았고 유나는 학교에서 졸았다.

　처음에는 밤늦도록 엄마와 수다를 떨며 학교 이야기며 친구들 이야기를 할 수 있어 좋았는데 이제는 아니었다. 엄마가 이야기할 때 유나가 졸면 엄마는 서운함을 숨기지 않았다. 유나는 점점 지쳐 갔다. 어떤 때는 밤이 무서웠다. 엄마가 말을 거는 것이 싫을 때도 있었다. 그런 마음이 들 때마다 유나는 엄마에게 미안했고 죄책감이 들었다. 그리고 기사가 말한 지치지 않는 마음, 변함없는 마음을 떠올렸다.

"아이한테 물을 뿌리는 게 잘한 일이야?"

"그 덕분에 벌떡 일어났잖아. 아침마다 유나 깨우기가 얼마나 어려운 줄 알기나 해?"

　바깥에서 여전히 엄마와 아빠의 다툼 소리가 들렸다. 유나는 물이 떨어지는 머리와 얼굴을 수건으로 대충 닦았다. 그리고 가방을 메고 방을 나왔다.

　유나를 본 아빠는 아침을 먹으라고 말했다. 하지만 유나는 그냥 집을 나왔다. 더 있다가는 비명을 지를 것 같았다. 집을 나오자 살 것 같았다. 언젠가부터 유나는 집이 버겁고 불편했다. 집에서는 마음이 긴장되고 피곤했다. 차라리 학교가 편하고 좋았다.

　수업이 끝나고 유나는 학생 카페가 있는 **B**동으로 서둘러 갔다. 카페의 문 앞에서 안을 살펴보았다. 재휘는 보이지 않았다. 유나의 미간이 눈에 띄게 찌푸려졌다. 아무리 애를 써도 오늘 하루가 엉망이 될까 봐 불안했다. 아침에 생긴 엄마와의 일 때문에 더 그런지도 모른다. 유나는 자리에 앉아 재휘를 기다렸다.

"미안해. 좀 늦었어."

재휘는 유나가 앉은 테이블로 성큼성큼 다가왔다. 재휘를 보자 불안했던 마음이 가라앉았다. 재휘는 유나의 맞은편 의자에 앉았다. 재휘가 손에 들고 있던 하얀 종이백을 테이블 위에 올려놓으며 쑥스러워했다. 재휘는 하얀 종이백에서 뭔가를 꺼냈다. 반짝거리는 비닐로 사탕과 초콜릿을 하나하나 정성스럽게 싸서 꽃과 함께 넣어 만든 꽃다발이었다.

"우리 만난 지 100일이야. 축하해."

재휘가 꽃다발을 유나에게 내밀었다. 유나의 얼굴이 환해지고 웃음이 피어났다. 유나는 너무 많이 웃지 않으려 애쓰며 꽃다발을 받았다.

"유나야, 너를 좋아하는 내 마음은 변하지 않을 거야."

재휘의 말에 유나의 얼굴에 웃음이 가셨다.

"유나야, 너도 그렇지?"

재휘는 의심 한 점 없는 얼굴로 기대에 차서 유나를 보았다. 유나는 고개를 천천히 끄덕였다.

"유나야, 나 언제까지 새론이라고 속여야 해?"

재휘 말에 유나는 미안해서 고개를 들 수 없었다.

집에 가면 유나는 재휘와 음성 통화나 화상 통화를 하지 않았
다. 그렇다고 연락을 전혀 안 한 것은 아니다. 끊임없이 문자와
전자 우편을 주고받았다. 다만 재휘의 이름을 '새론'으로 저장해
놓았고 재휘에게도 그 사실을 말하며 연락할 때 실수하지 말라고
신신당부했다. 새론이라는 지극히 여성스러운 이름 덕분에 유나
는 재휘와 사귀는 것을 엄마에게 들키지 않았다.

"우리 엄마는 다 보니까……."

유나가 말끝을 흐렸다.

"우리 엄마가 그러면 난 막 엄마한테 짜증 냈을 거야."

"나도 짜증 나."

"엄마, 아빠가 오래 살면 좋기만 할 것 같았는데."

재휘는 신중하게 말을 골랐다.

"처음에는 그랬는데……."

유나는 절대로 변하지 않을 것 같은 마음이 변해 버렸다는 말
을 하지 않았다. 마음이 변해서 슬프고 괴롭고 죄책감이 든다는
말도 하지 않았다.

"증강 현실방에 가서 놀자. 새로 나온 타임머신 게임이 정말 재
미있대."

재휘가 웃으며 유나의 어깨에 손을 올렸다. 유나는 손에 든 꽃
다발과 활짝 웃는 재휘를 보며 엄마에게 재휘와 사귀는 것을 숨
기기를 잘했다고 생각했다.

유나에게는 재휘를 사귀기 전에 만나던 남자 친구가 있었다. 유나가 중학교에 입학하자마자 사귄 아이였다. 유나는 남자 친구가 있다는 것을 엄마에게 말했다. 엄마는 유나가 남자 친구를 사귀는 것을 못마땅해했다. 공부에 매진할 때라는 것과 혹시 무슨 일이라도 생기면 엄마가 몸이 없어 도와줄 수 없어 걱정된다며 헤어지라고 했다.

유나는 엄마의 말을 듣지 않았다. 그러자 엄마는 남자 친구에게 전화가 올 때마다 스피커를 통해 커다란 소리로 공부는 안 하냐며 잔소리를 해 댔다. 전화가 길어지면 공부는 하지 않고 하루 종일 전화만 할 거냐며 꾸중했다. 유나가 제발 그러지 말라고 부탁하자 잔소리 대신 헤비메탈 음악을 크게 틀었다. 귀를 찢을 듯 시끄러운 음악 소리 때문에 유나는 통화를 할 수 없었다. 결국 만난 지 50일 만에 남자 친구는 유나에게 이별을 통보했다. 그 뒤 재휘에게 사귀자는 말을 들었을 때 유나는 이번만은 엄마에게 남자 친구를 숨기고 절대로 들키지 않겠다고 결심했다.

증강 현실방으로 가는데 유나 휴대 전화벨이 울렸다. 엄마였다. 유나는 전화를 받지 않았다. 벨은 쉬지 않고 울렸다. 재휘가 의아한 얼굴로 유나를 보았다.

"쓸데없는 전화야."

유나는 휴대 전화의 전원을 껐다. 그리고 재휘를 따라 증강 현실방으로 들어갔다.

타임머신 게임의 배경을 백악기 공룡 농장으로 설정했다. 유나
는 재휘와 함께 공룡 알을 분양받아 부화시키고 먹이를 주고 키
웠다. 게임이 재미있어서 시간 가는 줄 몰랐다. 유나가 재휘와 함
께 공룡의 등에 타고 하늘을 날고 있을 때였다. 갑자기 현실의
목소리가 끼어들었다.

"2학년 이유나, 어머님이 찾으신다. 교내에 있으면 연락을 하길
바란다."

때마침 게임 프로그램 속에서 공룡이 시끄럽게 울어서 재휘는
못 들은 모양이었다. 유나는 못 들은 척했다. 더는 유나를 찾는
방송이 나오지 않았다.

타임머신 게임을 끝내고 다른 게임을 하려는데 재휘의 휴대 전
화가 울렸다. 처음에는 웃으며 전화를 받던 재휘의 표정이 점점
굳어졌다. 덩달아 유나도 긴장해 재휘를 바라보았다. 전화를 끊
은 재휘는 화가 잔뜩 나 있었다.

"야, 너희 엄마가 우리 엄마한테 전화했대."

"뭐, 뭐라고?"

유나는 너무 놀라 말을 더듬었다.

"도대체 우리 엄마 전화번호는 어떻게 안 거냐?"

재휘의 말에 유나는 고개를 저었다. 재휘네 엄마의 전화번호는
유나도 모른다. 그런데 어떻게 엄마가 알아냈는지 모르겠다. 재휘
가 가방을 챙겼다.

"가려고? 화났어?"

"엄마가 당장 들어오래. 너희 엄마는 대체 우리 엄마한테 뭐라고 한 거니? 엄마가 나한테 이렇게 화내는 거 처음이야."

재휘는 증강 현실방을 나갔다. 유나는 뒤따라 나갔지만 재휘를 잡지 못했다.

집에 돌아온 유나는 문 앞에서 잠금장치를 노려보았다. 문이 열리지 않았다. 다시 자세를 바로잡고 잠금장치를 보았으나 홍채 인식으로 열리는 문은 꿈쩍도 하지 않았다. 비밀번호를 눌러 보았지만 문은 열리지 않았다. 몇 번이나 비밀번호를 누르고 잠금장치에 눈을 가져갔지만 굳게 닫힌 문은 열리지 않았다. 밖에서 유나가 문을 열려고 하고 있다는 것을 엄마가 모를 리가 없다. 그런데도 엄마는 문을 열어 주지 않았다.

유나는 언니에게 전화를 걸었다. 신호는 가지만 전화를 받지 않았다. 아빠에게 전화를 걸었다. 아빠도 마찬가지였다. 유나는 화를 참지 못하고 발로 힘껏 문을 걷어찼다.

"문 열어!"

네 번 걷어차고 다섯 번째로 차려는데 문이 열렸다. 안에서 아빠가 놀란 눈으로 유나를 보았다. 아빠의 뒤에 서 있는 언니도 보였다.

"어이구, 일찍도 온다."

엄마가 빈정거렸다.

“엄마를 감쪽같이 속이려 들어? 새론이라고 속이면 엄마가 모를 줄 알았니?”

유나는 아무 말도 하지 않았다.

“남자 친구 만나려고 엄마를 속여? 어떻게 엄마한테 그럴 수 있니?”

엄마의 말이 유나의 귀에 하나도 들어오지 않았다. 이제 어쩌면 재휘를 만나고 싶어도 못 만날지 모른다. 유나의 눈에서 눈물이 흘렀다.

“유나야, 왜 그래?”

아빠가 당황했다.

“문이 안 열려.”

유나는 말을 하고는 더 크게 울었다.

“문이 안 열린다고? 유나야, 울지 마. 문이 열리지 않는다고 그렇게 서럽게 우니? 갑자기 문이 왜 안 열린다는 거야? 내가 들어올 때도 멀쩡했는데, 그새 고장 났나?”

아빠는 유나를 달래랴, 문을 살피랴 정신이 없었다.

“아빠, 전화는 왜 안 받아? 언니는 왜 전화 안 받아?”

유나는 애먼 아빠와 언니에게 화풀이를 했다.

“전화를 했다고? 벨이 울리지도 않았는데.”

아빠는 고개를 갸웃거리며 휴대 전화를 확인했다. 언니는 말없이 휴대 전화를 확인했다. 그리고 아빠의 손에 들린 휴대 전화도 가져와 살폈다.

"유나 번호가 차단됐어. 문도 엄마가 못 열게 바꿨나 봐."

언니의 말에 아빠는 크게 한숨을 내쉬었다. 몹시 지쳐 보였다.

"유나한테 무슨 일이라도 생기면 어쩌려고 그래?"

아빠가 말했다.

"내 말을 안 들으니까 그런 거지. 내가 몸이 있는 것도 아니고 방법이 없잖아."

언니는 고개를 가로저으며 자기 방으로 들어갔다. 유나도 방으로 들어갔다.

예전에는 방문을 닫으면 그 안에서는 자유로웠다. 화를 내며 침대를 내리칠 수도 있었고, 혼잣말로 불평을 할 수도 있었으며, 친구들과 마음껏 문자를 할 수도 있었다. 그러나 지금은 아니다. 꼭 감옥에 갇힌 죄수가 된 기분이었다.

문자 알림이 울렸다. 재휘였다.

우리 헤어져.
너희 엄마가 너랑 나 사귀는 것 반대한다고 우리 엄마한테 말했대.
우리 엄마도 내가 너랑 사귀는 것 반대한대.

유나는 재휘의 마음을 돌리기 위해 엄마를 대신해 사과하는 긴 문자를 보냈지만 소용없었다.

유나는 이불을 머리끝까지 덮어쓰고 울었다. 유나는 엄마를 위해 토털 제어 시스템으로 통제하는 것을 기꺼이 허락한 것을 후회했다. 이불 속에서 눈이 퉁퉁 붓도록 울다 잠이 들었다.

"제발, 제발 그만해. 엄마, 그만하라고! 으아아악!"

유나는 비명 소리에 잠이 깼다. 언니가 저렇게까지 화를 내는 것을 본 적이 없었다. 유나는 언니의 방으로 갔다. 언니는 컴퓨터 앞에서 앉아 있었고 손으로는 계속 마우스를 누르고 있었다.

유나는 조심스럽게 언니의 등 뒤로 가서 컴퓨터 화면을 쳐다보았다. 언니는 학원에서 모집하는 학습 디자이너 과정을 신청하고 있었다.

'신청되었습니다.'란 말이 뜨고 곧이어 '신청이 취소되었습니다.'가 떴다. 언니는 학습 디자이너 과정에 '신청하기'를 눌렀다. 그러자 다시 신청이 취소되었다. 언니는 얼굴이 빨갛게 되어서 다시 '신청하기' 버튼을 눌렀다. 유나는 무슨 일이 벌어지고 있는지 알아차렸다.

언니는 아이들의 특기와 적성을 분석하고 학습의 방향을 제시하는 학습 디자이너가 되기를 희망했다. 학습 디자이너가 되려면 거쳐야 하는 자격시험이 있었고 언니는 자격시험 준비를 위해 일 년에 두 번 모집하는 자격 과정을 신청하려고 기다리고 있었다. 그런데 계속 신청이 취소되고 있었다.

언니가 두 손으로 머리를 움켜잡았다. 컴퓨터 화면이 뇌전류 번역사 신청 페이지로 바뀌었다. 그리고 '뇌전류 번역사 과정 신청되었습니다.'라는 말이 떴다.

"제발, 엄마!"

언니가 소리쳤다.

"엄마가 분석해 보니까 앞으로 학습 디자이너보다는 뇌전류 번역사가 수요가 많을 거야. 커넥톰 코리아 같은 곳에 취직도 잘 될 거고……."

엄마가 열심히 설명했다. 언니는 엄마의 말을 듣는 둥 마는 둥 하고, 뇌전류 번역사 신청을 취소한 뒤 다시 학습 디자이너를 신청했다. 하지만 다시 취소되고 뇌전류 번역사가 신청되었다.

"왜 엄마 마음대로 취소를 해. 무슨 권리로? 난 학습 디자이너가 되고 싶어. 그 일을 하고 싶다고!"

언니는 미치도록 화가 나는지 두 주먹으로 책상을 내리쳤다.

"제발 그만해. 이럴 때마다 엄마가 싫어. 지겨워."

언니의 목소리가 차가웠다.

"넌 어떻게 그런 말을 하니? 엄마가 어떻게 돌아왔는데."

엄마는 서운해했다.

"엄마는 변했어. 진짜 우리 엄마가 돌아온 게 아니야."

언니의 말에 유나는 깜짝 놀랐다. 사실 유나도 얼마 전부터 언니와 같은 생각을 하고 있었다. 충격을 받았는지 엄마는 한동안 말을 잇지 못했다. 한참 만에 엄마가 말했다.

"해나야, 나는 진짜 엄마야."

"아냐, 진짜 엄마는 이러지 않았어. 엄마는 나를 이렇게 힘들게 하지 않아. 엄마의 꿈은 좋은 엄마가 되는 거였어. 그리고 좋은 엄마였어. 그런데 지금은 아니야!"

언니가 소리쳤다. 또 엄마는 한동안 아무 말이 없었다. 한참 만에 엄마가 유나에게 물었다.

"유나야, 너도 그래? 언니처럼 생각해?"

엄마의 목소리가 떨렸다. 유나는 고개를 끄덕였다. 고개를 끄덕이면서도 마음이 아팠다. 엄마는 아무 말도 하지 않았다.

그날 이후 엄마는 모든 의욕이 사라진 것처럼 조용했다. 브링백 화면에 엄마의 얼굴이 사라지고 검게 변해 있는 때가 많았다. 언니도 아빠도 해나도 입을 다물었다. 집 안은 침울했다.

"안녕하십니까? 계약 연장 건으로 전화 드렸습니다. 또 1년이 지났네요. 시간 참 빠르죠?"

검은 양복을 입은 남자의 전화였다. 남자는 사흘 뒤에 집에 방문하겠다며 아빠와 약속을 하고는 전화를 끊었다. 전화를 끊은 아빠의 얼굴에 고민이 짙게 내려앉았다.

아빠는 유나와 언니를 데리고 카페에 왔다.

"너희 생각을 솔직하게 말해 봐."

아빠는 집에서는 유나와 언니가 엄마 때문에 속마음을 이야기하지 못하니 밖으로 나왔다고 했다. 아빠는 유나와 언니가 원하는 대로 해 주겠다고 했다.

"독립할 거야."

언니는 재계약을 하지 말자는 말을 차마 할 수는 없다고 했다. 하지만 더는 엄마의 간섭과 통제를 받고 싶지 않다고 했다.

"아빠, 난 정말 나쁜 딸이야. 나도 알아. 엄마한테 미안해."

언니가 두 손으로 얼굴을 가리고 흐느꼈다.

"아니야, 해나야, 아빠는 너를 나쁘다고 생각하지 않아. 너는 나쁜 딸이 아니야."

아빠가 나직하게 말했다.

"아빠, 엄마가 변한 거 같아."

유나의 말에 아빠는 힘없이 중얼거렸다.

"그러게. 왜 변했을까? 뭐가 잘못되었을까?"

유나와 아빠, 언니는 뾰족한 답을 내지 못하고 그냥 집으로 돌아왔다. 그리고 마침내 남자가 집에 찾아왔다.

남자는 오늘도 검은 양복에 검은 넥타이를 매고 왔다. 아빠와 유나, 그리고 언니는 거실 탁자를 사이에 두고 남자 앞에 모여 앉았다. 남자는 전자 패드를 탁자 위에 올려놓았다. 전자 패드에 글자가 나타났다.

재계약하시겠습니까?

예.　　　아니요.

'예.'를 누르면 서명란이 나온다. 작년에는 그곳에 아빠가 서명을 했었다. 하지만 지금 아빠는 화면을 물끄러미 바라볼 뿐 아무 말이 없었다. 유나는 손톱을 잘근거리며 물어뜯었다. 언니는 화면을 외면한 채 두 눈을 질끈 감았다.

"아, 비용이 좀 부담이 되시죠?"

남자가 조심스럽게 물었다. 아빠는 여전히 말이 없었다.

유나는 CCTV로 이 장면을 모두 보고 있을 엄마를 떠올렸다. 엄마가 어떤 심정일지를 생각하면 엄마에게 정말 미안하고 눈물도 나왔다. 하필이면 집에서 만나자고 한 남자가 미웠다.

오랫동안 움직임이 없자 전자 패드의 글자가 천천히 지워지더니 다시 글자가 나타났다.

삭제하시겠습니까?

예.　　　아니요.

전자 패드의 글자를 읽은 유나의 등줄기로 소름이 돋았다. 유나는 엄마에게 소리를 지르고 말다툼도 했다. 그럼에도 유나는 엄마를 사랑한다. 하지만 엄마를 감당하기에 지치고 힘이 드는 것도 사실이다. 아빠는 괴로운 듯 얼굴을 돌렸다. 언니는 아까부터 감은 눈을 뜨지 않았다. 유나는 계속 손톱을 물어뜯었다.

전자 패드의 글자가 다시 바뀌었다. 아빠는 결정을 내리지 못하고 머리를 움켜쥐었다. 유나도 언니도, 그리고 아빠도 고민의 무한 루프에 빠졌다.

"내가 결정할게."

거실 스피커에서 엄마의 말소리가 났다.

"모두 내 곁으로 와 봐."

엄마의 말에 유나는 아빠와 언니와 함께 안방으로 가 브링백 앞에 모여 앉았다. 남자도 따라왔다. 내내 검은색이었던 화면에 엄마의 얼굴이 나타났다.

"엄마는 꿈이 있었어. 모두 알지? 좋은 엄마가 되고 싶었어. 컴백어게인 서비스를 신청한 것도 그래서였어. 이제 된 것 같아. 내 꿈이 더 망가지기 전에 엄마가 엄마를 삭제할래."

화면 속의 엄마는 웃고 있었다.

"엄마!"

언니가 울먹였다.

"울지 마, 해나야, 유나야. 컴백어게인 서비스도 엄마가 가입하고 싶어서 가입했잖아. 삭제도 엄마가 하고 싶어서 하는 거야. 엄마의 삶을 엄마가 결정하는 거야.”

엄마의 말에 유나도 눈물을 흘렸다.

“여보, 해나야, 유나야, 알았지?”

누구도 대답하지 못했다. 엄마는 대답을 재촉했다.

“알았어.”

아빠가 겨우 대답을 했다. 유나도 고개를 끄덕였다. 언니도 고개를 끄덕였다.

“고마워. 참 행복했어. 앞으로 우리 가족도 행복하고 건강하게 지내. 유나야, 해나야, 엄마가 정말 많이 사랑해. 여보, 정말 많이 사랑해.”

유나의 눈에서 눈물이 흘러내렸다. 아빠의 눈도 벌겋게 되었다. 언니는 소리 내어 울었다.

“저를 삭제해 주세요.”

엄마의 말에 남자가 아빠를 보았다. 아빠는 고개를 끄덕였다. 남자가 전자 패드를 브링백에 연결했다. 윙 하는 소리가 나더니 브링백 화면 속에 환하게 웃고 있던 엄마가 점점 작아져 작은 아이콘처럼 변했다.

화면에 ‘삭제하겠습니까?’란 물음이 나타나자 검은 양복을 입은 남자가 ‘예.’를 눌렀다. 작은 아이콘이 사라지고 화면에는 아무것도 남지 않았다. 유나는 다가가 검은 화면을 쓰다듬었다. 눈물이 뚝뚝 떨어졌다.

그때였다. 검은 화면에 작은 아이콘이 툭 튀어나왔다. 유나는 그것이 무엇인지 몰라 계속 쳐다보았다. 작은 아이콘이 점점 커지더니 엄마의 얼굴이 나타났다. 유나가 깜짝 놀라 '앗!' 소리를 냈다.

"아니, 이게 무슨 일이지?"

놀라서 남자의 목소리가 커졌다. 화면에 다시 '삭제하겠습니까?'가 떴다.

"뭔가 오류가 있었나 봅니다."

남자는 '예.'를 눌렀다. 그러자 엄마의 얼굴이 작은 아이콘으로 변해 사라졌다. 화면은 검게 변했다. 유나는 불안한 마음으로 지켜보았다. 검은 화면에 다시 작은 아이콘이 툭 튀어올랐다. 그리고 아까와 똑같이 엄마의 얼굴이 나타났다가 다시 작은 아이콘으로 변했고 삭제하겠는지 묻는 문장이 나타났다.

남자는 연신 '예.'를 눌렀다. 엄마가 사라졌다 나타나고 사라졌다 나타나기를 반복했다.

"이게 어떻게 된 일이죠?"

아빠가 남자에게 물었다.

"아마도……."

남자는 한참이나 대답을 하지 못했다. 그리고 믿지 못하겠다는 듯 화면을 뚫어지게 보았다.

"……스스로 복사본을 만들었던 것 같습니다."

“누가요?”

유나가 물었다. 남자는 진땀이 나는 이마를 손으로 닦았다.

“복사본!”

아빠는 신음처럼 중얼거렸다.

“엄마를 삭제해야 해. 진짜 엄마는 삭제하기를 원했어. 컴퓨터 속에서 변한 엄마가 복사본을 만드는 거야.”

손을 놓고 있는 남자를 대신해 언니가 ‘예.’를 눌렀다. 다시 복사된 아이콘이 떠올랐고 그때마다 언니는 ‘예.’를 눌렀다.

“이건 엄마가 아니야. 이상이 생긴 가짜, 복사본이라고.”

삭제와 복사가 계속되고 있었다. 남자가 난감한 얼굴로 화면을 보고 있었다. 백 번째인지 이백 번째인지 모를 삭제와 복사가 계속되었고 결국 브링백이 멈췄다.

“고장이 났네요.”

남자가 긴 안도의 한숨을 쉬었다. 남자의 말에 아빠도 언니도 긴 숨을 내쉬었다. 유나는 멈춰 있는 화면을 보았다. 그곳에 글자가 떠 있었다.

삭제하시겠습니까?

예.   아니요.

이 글은 SF라는 옷을 입었지만 결국 사람들의 이야기, 그 중에서도 청소년들의 이야기다.

글을 쓸 때 늘 내가 겪어보지 못한 새로운 이야기를 쓴다고 생각하지만 쓰고 나서 다시 보면 모든 글이 결국은 내 이야기의 다양한 변주들이라는 걸 깨닫는다.

글 속 어디쯤에 항상 내가 나온다. 어떤 때는 주인공으로 어떤 때는 악당으로 또 어떤 때는 지나가는 사람1로 등장한다.

결국 내 이야기라서 글 속의 등장인물들이 마침내 행복해지고 소망이 이루어지기를 간절히 바란다. 나아가 지금 우리가 사는 세상에서도 모든 사람들이 행복하기를, 특히 어린이와 청소년들이 희망에 가득차기를, 세상이 좀 더 정의롭고 따뜻하기를 소망한다.

작가의 특성상 사람 사이의 관계에 대해 자주 생각하지만 요즘 특히 더 많이 생각한다.

탄생과 성장, 그리고 소멸에 이르는 이 과정은 생명체나 별에

국한된 것만은 아니다. 사람 사이의 관계도 그렇다. 결국 소멸하는 관계에서 사람들은 절대 소멸하지 않을 관계를 꿈꾼다. 내 생각에 그런 관계를 만들 수 있는 힘은 사랑이다. 모든 고난을 이겨내게 하는 힘도, 사람을 사람으로 살게 하는 힘도 사랑이라는 생각이 든다. 생각의 끝에서 나는 사람과 세상을 더 사랑하겠다고 결심한다.

오래 품고 있던 글들이 세상에 나갈 기회를 얻었다. 작은 usb 속에 갇힌 글이 책으로 세상에 나가는 과정은 힘들지만 재미있고 뿌듯하다.

책에도 운명이 있다면 오랫동안 어둠에 갇혀 기다린 만큼 오랫동안 찬란할 운명이기를 기원한다. 이 책이 독자들의 마음에 닿기를, 울림을 주기를 간절히 소망하며 독자들에게 고개 숙여 감사를 전한다.

끝으로 제이들에게 무한한 사랑과 감사를 보낸다.

김정인

마루비 청소년문학 01

삭제하시겠습니까

초판 1쇄 인쇄 2026년 3월 5일 ｜ 초판 1쇄 발행 2026년 3월 10일
글 김정민 ｜ **펴낸이** 박미경
펴낸곳 마루비 ｜ **출판등록** 제2016-000014호
주소 서울특별시 마포구 마포대로 33 오동 2310호
전화 02-749-0194 ｜ **팩스** 02-6971-9759 ｜ **전자우편** marubebooks@naver.com

© 김정민 2026

ISBN 979-11-91917-84-0 43810

이 도서의 국립중앙도서관 출판예정도서목록(CIP)은 서지정보유통지원시스템 홈페이지에서 이용하실 수
있습니다.